어머니의 눈빛

어머니의 눈빛

지은이| 박두홍
발행인| 신중현

초판 발행| 2016년 7월 28일

펴낸곳| 도서출판 학이사
출판등록| 제25100-2005-28호

대구광역시 달서구 문화회관11안길 22-1(장동)
전화_ (053) 554-3431, 3432   팩시밀리_ (053) 554-3433
홈페이지_ http://www.학이사.kr
이메일_ hes3431@naver.com

ISBN_ 979-11-5854-033-3   03810

어머니의 눈빛

박두홍 지음

學而思 │ 학이사

봄철도 한때라더니, 문득 돌아본 저의 삶도 저녁놀을 향하고 있었습니다. 더 늦기 전에 조금이라도 튼실한 알곡을 거두고 싶었습니다. 이곳저곳 기웃거려 봤으나 공허함만 컸습니다.

다행히 글쓰기와 인연이 닿았습니다. 생각만큼 쉬운 일은 아니었습니다. 남의 글을 읽을 때는 선명하게 보이던 것도 펜을 들고 앉으면 캄캄했습니다. 주저앉고 싶은 마음이 들었습니다. 그때마다 가족과 문우들의 다독임이 용기를 주었습니다.

글쓰기는 마음을 드러내는 작업입니다. 내면의 갈등을 치유하는 것이 글쓰기의 매력입니다. 당연히 글쓴이는 생각이 여물고 세상을 바라보는 시선이 투명해야 합니다. 무엇보다 따뜻해야 합니다.

아프고 힘들 때 어깨를 토닥거려 주시던 어머니의 손길 같은 글을 쓰고 싶었습니다. 아직은 생각이 익기를 기다리고 글밭을 더 다듬어야 할 시기라는 응답만 돌아옵니다. 그럼에도 마음속에는 마침표를 찍어야 인생 2막을 시작하지 않겠느냐고 되묻는 속삭임이 있었습니다.

어려움 끝에 미숙하지만 몇 편의 글들을 품에 안았습니다. 자기만족에 머물고 신변잡기라고 질책 받을까 두려우나 더욱 정진하리라 다짐하며, 자식을 처음 세상으로 내보내는 부모 심정으로 책을 엮었습니다.

곁에서 늘 힘이 되어준 분들께 감사드립니다.

2016년
열매가 빛을 저장하는 달에
박 두 홍

차례

1부 _ 추억 속의 푸른 밤

2부 _ 사랑의 리모컨

차례

4부 _ 도시로의 회귀

친구는 옛 친구가 좋고 옷은 새 옷이 좋다고 하였던가?
밤새는 줄도 모르고 떠들고 놀다 보니
어느새 새벽이 밝아왔다.

1부
추억 속의 푸른 밤

아! 또

    다닌 지 달포쯤 되는 문예 교실에서 주말에 '수덕사' 문학기행을 가기로 했다. 회원이면 누구나 참가할 수 있다고 한다. 우리 기수 회원에게는 첫 답사여행이 된다. 생각만 해도 가슴이 설렌다.

    법원 앞에 도착했다. 주말에 단풍철이라 이른 시간임에도 많은 사람이 나와서 북적댄다. 길 양쪽에는 손님 태울 관광버스들이 줄지어 서 있다. 그 모습이 학창시절에 수학여행 갈 때와 닮았다. 버스 안에서 여행에 대한 기대로 가슴 두근거리며 쉼 없이 떠들어 댔었다. 태어나서 처음 고향의 울타리를 벗어나 타향 땅을 밟는 것이었으니 그 기분은 말로 다 표현할 수 없었다. 그 시절 친구들은 지금 어디서 무엇을 하고 있을까? 빛바랜 사진처럼 희미해진 기억을 떠올리며 혼자 웃는다.

오늘 문학기행에서는 어떤 일들이 기다리고 있을까. 사람들의 표정이 참 밝다. 그들도 나와 같은 마음으로 들떠 있으리라. 사방을 두리번거리며 일행을 찾았다. 다들 비슷비슷한 차림이라 누가 누군지 알 수가 없다.

제법 긴 시간이 흘렀다. 이제 출발 시간은 10여 분 정도 남았다. 그런데도 아직 일행을 찾지 못하고 혼자다. 마음이 급해진다. 문예 교실이 시작된 지는 겨우 한 달 남짓. 일주일에 한 번 만나니 아직은 서로 얼굴이 익숙하지 않을 때다. 서로를 잘 알아보지 못하는 것이 당연할지도 모른다. 이런 경우를 대비해서 미리 총무의 전화번호라도 메모해 왔으면 좋았을 텐데 거기까지는 생각하지 못했다.

약속한 시간이 5분 지났는데도 여전히 혼자다. 들판의 허수아비처럼 멀뚱하게 서서 두리번거리기만 한다. 벌써

30분 가까이 이러고 있다. 계획이 취소되었으면 진작 공지를 했을 것이다. 동행할 사람이 제 시간에 나타나지 않으면 전화라도 몇 번 했을 것인데, 총무에게서는 아직 아무런 연락도 없다. 나야 실수로 연락처를 챙기지 못했지만 인솔 책임이 있는 총무는 다를 것이 아닌가. 서운한 마음이 든다. 대기하고 있던 버스들은 하나 둘 떠나기 시작했다. 모여든 사람도 점점 줄어들었다. 쳐다보는 주변 사람들의 시선이 따갑게 느껴졌다.

'그만 돌아가야 하나?'

그때 길 건너편에서 다급하게 손짓 하는 사람이 눈에 들어온다. 총무다. 가뭄에 단비를 만난 듯 했다.

"여기에요. 여기. 어서 오세요. 왜 이렇게 늦었어요. 한참 기다렸는데요."

표정은 밝고 상냥했으나 목소리에서 짜증이 묻어났다. 이미 30분 전에 와서 눈 빠지도록 기다린 사람은 누군데, '왜 늦었냐고?' 그녀의 말을 듣고 보니 은근히 화가 난다.

"법원 앞에서 기다린다 해놓고, 여기 있으면 어쩝니까? 연락이라도 좀 해 주시지요. 30분 전에 와서 여태까지 기다리다 돌아가려던 참이었습니다."

"분명히 법원 '건너편'이라고 공지했는데, 못 보셨나요?"

법원 건너편이라는 말을 듣는 순간, 찬물을 뒤집어 쓴 것처럼 정신이 번쩍 든다. '아! 또 ….' 이전에 다른 모임에서도 몇 번이나 법원 앞에서 모인 적이 있었다. 법원이라는 말만 듣고 공지사항은 건성으로 본 모양이다. 혼잡을 피하기 위해 건너편에서 기다릴 것이라는 생각을 왜 못했을까?

오래전 대학원 다니던 시절이었다. 그때도 이와 비슷한 실수로 중요한 시험을 놓칠 뻔 했었다. 사회과학대학 201강의실을 사범대학 201강의실로 착각했던 것이다. 나중에야 그것을 깨닫고 시험장을 찾느라 헤맸던 기억이 생생하다.

가끔 겪는 일이라 조심하는데도 실수를 반복할 때가 많다. 이번에도 그 망령이 되살아 난 것이다. 부끄럽고 미안하다. 불평 없이 기다려 준 일행들이 고맙다. 다들 겉으로 표현은 하지 않았지만 내심 화가 났을지도 모른다. 제 잘

못도 모르고 총무에게 화를 냈으니 이보다 더한 적반하장
도 없을 게다.

　아침의 실수만 없었다면, 이번 여행은 완벽했을 텐
데……. 집으로 돌아와서도 그 일이 머릿속에서 지워지지
않는다. 무엇보다도 자신의 잘못을 알지 못하고 미련하게
30분이나 방황했다는 사실이 부끄럽다.

추억 속의 푸른 밤

지난가을, 고향 친구로부터 연락이 왔다. 올해 동기모임을 성주 별장에서 하자고 했다. 쾌히 승낙은 했지만, 동기들은 이왕이면 고향에서 모이고 싶어 할 텐데? 몇 명이나 참석할 수 있을 지 염려되었다. 아내를 설득해야 할 일도 고민이었다.

가끔 고향을 찾을 때 반갑게 맞아주는 친구가 있다. 어려서 소아마비를 앓은 후 그 후유증으로 장애를 가지고 있으나, 성격이 호방하고 의리가 있어서 동기들 사이에 신망이 두터운 친구다. 유일하게 고향 소식을 듣는 소식통이기도 하다. 그가 고향에 남아 있는 몇몇 친구들과 함께 '보통과' 출신들만의 작은 동기 모임을 발기했다며 참석해 달라고 한다. 고등학교를 졸업한 지도 벌써 많은 세월이 흘렀으니, 일 년에 한 번이라도 모여서 옛정을 나누자는 것이 취지였다.

그 당시 모교는 인문계 반과 실업계 반이 섞여 있는 종합 고등학교로 고향의 유일한 공립 남자 고등학교였다. 대학 진학을 목표로 하는 인문계 반은 '보통과'로 한 학년에 1개 반이었고, 나머지 3개 반은 실업계인 '농업과'와 '잠업과'였다. '보통과'는 중학교 성적이 상위권이라야 입학할 수 있었다. 지금 생각하면 우물 안의 개구리에 불과하지만, '보통과' 학생들은 나름대로 자부심을 가졌던 것 같다. 우리는 졸업할 때까지 3년간 같은 반으로 지냈기에 우정이 각별했다.

40여 년이 지난 지금, 그 동기생들이 다시 모였다. 고등학교 졸업 후 강산이 네 번은 바뀌었을 만큼 세월이 흘렀고, 다들 환갑을 바라보는 나이가 되었다. 각자가 나름대로 현재 살던 곳에서 정붙여 왔을 텐데, 옛 친구들이 그리

윘던 것일까? 해가 갈수록 새로운 친구는 사귀기 어려우니 옛 친구 불러서 차나 마시며, 추억에 의지해서 달아나는 세월을 붙잡고자 함이었던가? 그렇게 모이기 시작한 것이 올해로 벌써 5년째이다.

날씨가 쌀쌀해졌다. 동기 모임은 아내가 잘 이해해 주어서 예정된 날로 결정했다. 친구들이 오면 추울 것 같아 난방에 신경을 썼다. 내 집에 온 친구들이 비록 하룻밤이지만 편하게 지내다 가길 바라는 심정이었다. 오랜만에 친구들에게 내가 사는 모습을 보여주려니 마음이 더 쓰이기도 했다. 친구 아내들을 위해서는 황토방에 불을 지펴 뜨끈뜨끈하게 해두었다.

오후가 되어서야 친구들이 한 사람씩 모여들었다. 서울에서, 부산에서 그리고 고향에서, 그들이 모이니 금세 잔칫집 같았다. 찾아온 동기 중에는 고등학교를 졸업하고 40년 만에 처음 만나는 친구도 있었다. 얼굴에 스쳐 간 세월은 어찌할 수 없지만, 옛 모습이 아직도 남아 있어 반가웠다. 먼저 온 친구들이 둘러앉아 소주잔을 기울이며 그 시절 추억담을 실타래처럼 풀어냈다. 오랜만에 유쾌하게 떠들고 노는 그들을 보니, 가슴속에 환한 보름달 하나가 솟아올랐다. 부인들도 다 오지는 못했지만 옛 친구를 만난 양 서로 언니 동생하며 금세 친해졌다. 어두워서야 약속한 친구들이 모두 모였다. 아내와 친구 부인들의 수고로 한 상 가득 저녁상이 차려졌다. 친구들의 구수한 입담을 곁들이니 임금님의 수라상도 부럽지 않았다.

친구는 옛 친구가 좋고 옷은 새 옷이 좋다고 하였던가? 밤새는 줄도 모르고 떠들고 놀다 보니 어느새 새벽이 밝아왔다. 날이 밝으면 다시 먼 길을 가야 할 친구들이 염려되어 잠시라도 눈을 붙이기로 했다. 피곤했던지 잠자리에 눕자마자 곧장 코를 고는 친구도 있었다. 동기 모임을 준비하느라 힘은 들었지만, 친구들이 편안히 자는 모습을 보니 뿌듯했다. 그들이 살아오며 누리고 감내해야 했던 영광과 상처들을 오롯이 느낄 수 있었다. 오지에서 대처로 나가 성공해서 잘 사는 모습을 보는 것 같아 자랑스러웠다. 문득 내 모습은 이들에게 어떻게 비칠까 궁금했다. 그들 또한 내 마음과 같지 않았을까.

달빛이 그윽한 푸른 밤이었다.

회갑을 생각하다

　새해가 되면 회갑이다. 세월의 흐름이 쏜 화살 같다더니 육십갑자가 톱니바퀴 맞물리듯 돌고 돌아 처음의 제자리로 돌아왔다.

　해마다 이맘때는 온갖 핑곗거리를 만들어 번다한 시간을 보내곤 했다. 혼자 있는 게 두려워 여기저기 기웃거리며 존재를 드러내고자 했다. 요즘은 왠지 홀로 조용히 있고 싶은 때가 많다. 오늘도 유혹이 있었지만 다 뿌리치고 일찍 퇴근했다. 집안에는 아무도 없고 집을 지키고 있던 강아지가 꼬리를 흔들며 반겨주었다.

빈 집에 우두커니 앉아서 벌써 회갑을 맞게 된다는 생각을 하니 괜히 마음이 서글퍼졌다. 정년까지는 아직 몇 년 남았지만 앞으로 어떻게 살아야 할까? 자식들도 각자 제 갈 길 찾아 떠날 텐데……. 외로움이 밀려왔다. 그때 전화벨이 울렸다. 아내였다. 친구들과 송년회를 한다며 늦을 것이라고 한다. 이럴 때 옆에 있어주면 좋으련만 섭섭한 마음이 든다.

기분전환을 위해서는 무엇이든 해야 했다. 문득, 바빠서 아직 정리하지 못한 사진이 생각났다. 한참 뒤적거리다가 빛바랜 흑백사진 한 장을 발견했다. 오래된 사진이라 모서리가 떨어져 나가고 가장자리가 찢어졌지만 아직은 볼만했다. 사진에는 '회갑기념'이라는 글자가 선명하게 기록되어 있다. 그 당시에는 회갑이 경사스런 동네잔치라 할 만큼 의미 있는 행사였던 모양이다. 사진 한가운데 흰 두루마기를 입고 갓을 쓴 할아버지와 한복을 곱게 차려 입은 할머니가 나란히 앉아 계신다. 두 분은 내가 갓난아이일 때 돌아가셨다. 좌우에 큰아버지 내외분, 아버지와 어머니, 작은 아버지 내외분, 그 밖에 3, 40명쯤 되는 친인척들이 둘러서 있다. 할아버지의 회갑을 축하하기 위해서 가족과 마을 사람들이 모여 잔치를 벌이고 찍은 기념사진이다. 할아버지의 긴 수염과 갓을 쓴 모습이 요즘 동년배와 비교할 수 없을 만큼 늙어 보인다.

사진을 보고 있으니, 이미 귀천(歸天)하신 아버지의 회갑 날 어머니께서 깨끗한 새 옷 한 벌을 산소 옆에서 태우던 모습이 떠오른다. 아버지는 요즘 같으면 병으로 여기지도 않을 맹장염 수술이 잘못되어 세상을 떠셨다. 그 시절 오지였던 고향의 의료시설과 기술은 매우 낙후했다. 한국전쟁 때 위생병이었던 사람이 의사면허를 가지고 의료행위를 했으니 말해 무엇 하랴. 그해 추석은 참으로 슬펐다. 아버지가 회복될 가능성이 없었기 때문이다. 결국 추석 지난 열흘 뒤에 숨을 거두셨다. 그리고 다섯 해 뒤에 회갑을 맞은 것이다. 어머니는 온갖 정성을 다하셨다. 고인에게도 회갑은 이렇게 큰 의미를 가지고 있었다.

그러나, 요즘은 회갑이 갖는 의미가 많이 퇴색한 것 같다. 아마도 평균 수명이 늘어나면서 생긴 변화이리라. 사람의 평균 수명은 석기시대에는 18세였고, 그 이후 조선시대에 이르기까지 50세를 넘은 적이 없었다고 한다. 근대에 와서도 60세는 의미 있는 수명이었다. 우리나라가 산업화의 물결을 타고 급속한 경제발전을 이룩하던 7,80년대만 해도 회갑은 장수의 기준이었다. 그러나 요새 회갑잔치를 한다고 하면 젊은 것들이 뭐하는 짓이냐고 손가락질 한다는 우스갯소리가 있다.

장수시대에 회갑의 의미가 가벼워졌다고 60년을 살아온 인생의 의미와 무게도 그렇다는 것은 아닐 것이다. 태어나서 학교에 들어가고, 직장생활을 시작하고, 결혼을 하고, 자식을 낳아 기르며, 치열하게 살아온 의미 있는 세월이 아닌가. 스스로 회갑을 자축하며 그 의미를 되새기는 여행이라도 다녀오리라 다짐한다.

나자르 본주

양손으로 귀를 막아보지만 통증은 점점 심해진다. 비행기가 착륙하려고 고도를 낮출 때 종종 겪는 일이다. 창밖을 내다보았다. 이스탄불 시가지가 어슴푸레 시야에 들어온다. 시계는 새벽 6시를 가리키고 있다. 무려 10시간이나 꼼짝없이 앉아 있었더니 무릎이 시큰거리고 엉덩이가 뻐근하다.

실내조명등이 켜지고 안전벨트 표시등이 깜빡거린다. 기내 방송으로 착륙을 시도한다는 기장의 음성이 흘러온다. 승무원들의 움직임이 기민해지고 긴장감이 감돈다.

그 와중에도 한 여승무원이 끼고 있는 팔찌가 유난히 눈길을 끈다. 새알만한 크기의 파란 유리구슬이 두 줄로 꿰어 찰랑거린다. 구슬 하나하나는 하늘색 바탕에 동공이 까만 눈알과 같다. 툭 불거진 동그란 눈은 외눈박이 거인 사이클롭스의 그것처럼 한기를 내뿜고 있다. 그 눈과 시선이 부딪히는 순간, 왠지 모를 당혹감이 느껴져 급히 고개를 돌린다.

비행기의 육중한 몸체가 잠깐 출렁거리더니 활주로에 사뿐히 내려앉는다. 통증은 이내 사라지고 가벼운 하품으로 귀가 시원하게 뚫린다. 드디어 터키 공항이다. 오래 전부터 꿈꿔 왔던 여행이 현실로 다가왔다. 가슴이 두근거린다.

첫 번째 관광지는 터키 최대의 재래시장이라는 그랜드 바자르다. 삼천여 개나 된다는 상점에서 귀금속, 장신구 등 관광 상품이 진열되어 관광객의 시선을 붙잡는다. 거의 모든 기념품 가게에 여승무원이 끼고 있던 파란 유리구슬 팔찌를 비롯한 액세서리, 열쇠고리 등을 눈에 잘 띄는 곳에 진열해 놓고 있다. '악마의 눈' 이라고 한다. 터키어로는 '나자르 본주'다. 악마의 눈이 밖으로 나오지 못하게 단단히 에워싸고 있는 강력한 푸른빛이 다른 악마를 근접하지 못하게 하여 재앙을 막아준다니 우리의 액막이 부적인 셈이다. 이곳 사람들은 액운을 물리치는 수호신으로 항상 몸에 지니고 다닌단다. 그 생긴 모양이 매우 강렬하고 내뿜는 눈빛이 그날의 어머니를 닮았다.

어머니의 눈길은 자식들을 벗어나 본 적이 없다. 늘 자상하고 따뜻한 눈빛으로 용기와 위안을 주셨다. 그러나 딱 한 번 그렇지 않았던 적이 있었다. 그날 어머니의 눈은 작지만 차갑고 매서웠다. 그 눈빛을 아직도 잊을 수 없다.

초등학교 5학년 때다. 그 시절 또래 아이들은 주로 제기차기, 구슬치기, 딱지치기, 고무줄넘기 등을 하며 놀았다. 특히 꽃무늬가 있는 테니스공 크기의 작은 고무공으로 놀았다. 그것으로 남자아이들은 야구나 축구를 하였으며, 여자아이들은 공치기 놀이를 하였다. 그 공이 몹시 갖고 싶었지만 어려운 살림을 힘들게 꾸려나가시는 어머니에게 사달라는 말을 할 수 없었다.

학교를 오고가는 길목에는 일신상회라는 규모가 꽤 큰 잡화점이 있었다. 그 상점의 입구 쪽 눈에 잘 띄는 곳에는 항상 고무공을 진열해 두었다. 그곳을 지날 때마다 탱탱 하고 탄력 있는 공이 탐나서 손가락으로 툭툭 튕겨보다가 주인이 보면 발길을 돌리곤 했다. 어느 날 학교를 파하고 집으로 가는 도중이었다. 가게 앞을 지나는데 주인이 보이지 않았다. 고무공이 마치 지금이 기회라고 꼬드기는 것 같았다. 달콤한 유혹을 뿌리칠 힘이 내게는 없었다. 어느새 눈은 사방을 살피고 떨리는 손은 공을 주머니에 넣고 말았다.

남의 물건을 훔쳤다는 죄책감 보다 원하던 것을 가졌다는 기쁨이 컸다. 어머니에게 들킬까 두려워서 공을 감추기에 급급했다. 그러나 아무리 용을 쓴다 해도 어머니의 눈을 피할 수 없었다. 내 비밀의 장소는 발각되었고 어머니의 집요한 추궁 끝에 모든 사실을 털어놓을 수밖에 없었다.

어머니의 회초리는 사정이 없었고 매서웠다. 가끔 우리가 잘못했을 때 따끔하게 꾸짖거나 종아리를 때리기도 했지만 어머니의 눈빛만은 언제나 따뜻하고 자상했었다. 그 눈빛이 무척 좋았었다. 그러나 그때는 어느 날과는 달랐다. 차갑기가 그지없었으며 무서웠다. 잘못을 깨닫고 용서를 빌었지만, 그것만으로는 용납되지 않았다. 그 길로 주인 앞으로 끌려가서 모든 걸 털어놓고 용서를 빌어야 했다. 당신께서도 자식을 잘못 가르친 죄가 크다며 그 앞에서 무릎을 꿇고 사죄를 청했다. 몸집은 자그마하면서도 강단이 있었던 어머니는 늘 정직하고 예의바르게 행동해야 홀어미 밑에서 버릇없이 자랐다는 소리를 듣지 않는다고 가르쳤다. 어머니에게는 자식이 세상의 전부고 희망이었다. 그런 자식이 망가지는 것은 마치 하늘이 무너지는 것 같은 아픔이었을 것이다.

가게 주인에게 용서는 받았지만 그날 이후 나는 늘 어머니에게 죄인이었다. 어머니가 흘린 눈물은 아직도 내 마음의 주홍글씨로 남아 '불효'라는 그림자로 새겨져 있다. 그 그림자가 내 가슴에 남아있는 한, 그날 본 어머니의 차가운 눈빛도 영원히 지워지지 않으리라.

그랜드 바자르에서 사온 액세서리들을 꺼내어 악마의

눈과 시선을 맞춘다. 그 눈빛이 비수를 들고 찔러온다. 피하지 않고 정면으로 응시한다. 온 몸은 순식간에 얼어붙는 듯 긴장 하지만 마음에는 평화가 찾아온다. 자상하고 따뜻한 어머니의 눈빛이 수호신이 되어 악마의 눈을 둘러싸고 가만히 내 몸을 감싼다. 나자르 본주, 내 어머니의 눈빛이다.

지인의 죽음

전화벨이 요란하게 울렸다. 아내가 엄 선배 남편이 돌아가셨다며 울먹인다. 믿기지 않아 다시 물어도 같은 말만 메아리 되어 돌아왔다. 한줄기 소슬바람이 창밖의 단풍나무를 휘감고 지나간다. 그 서슬에 몇 장 남지 않은 단풍잎이 떨어진다.

엄 선배는 아내의 중학교 선배다. 두 살 위인 그녀와는 동문들이 운영하는 인터넷 카페에서 만났다고 한다. 서로 성씨가 같아서 그랬던지 자매처럼 각별하다. 그녀의 남편은 지난해 오랜 공직생활을 마치고 시장에서 옷가게 하는 아내를 돕고 있었다.

사인(死因)은 심근경색이라 한다. 가족들은 발견 당시 현장 주변에 운동기구들이 흩어져 있었다며 운동 중에 변을 당했을 것으로 추측했다. 젊어서부터 운동으로 단련된 사람이다. 아무리 심한 운동을 했어도 그만한 일로 변을 당했을까? 가족이 모르는 지병을 앓고 있었던 것은 아닐까? 가족에게는 미처 알릴 틈이 없었는지도 모른다. 그가 고통으로 가슴을 부여잡고 쓰러질 때, 도움의 손길을 청할 수 없었던 상황이 얼마나 원망스러웠을지, 생각만 해도 가슴이 아린다.

지난봄에 아내를 통해서 시골집을 대대적으로 수리한다는 얘길 들었다. 고인은 그 일로 무리해서 여러 날 몸져누웠었다. 그때 문안차 들린 것이 생전에 마지막으로 보게 될 줄이야. 수리가 끝났으니 한번 다녀가라 했는데도 차일피일 미뤄 온 게 후회된다. 본인도 이렇게 쉽게 세상을 떠나게 되리라고는 짐작이나 했겠는가.

밤새 뒤척이다가 새벽 무렵에야 잠이 들었다. 끙끙대는

소리에 눈을 떠보니 마준이가 옆에서 올려달라고 보챈다. 마준이는 우리 집 반려견이다. 10년 넘도록 부대끼며 살아 와서 가족 같은 정이 들었다. 사람에 비하면 진갑은 훨씬 지났을 나이라 행동이 매우 굼떴지만, 크고 까만 눈만은 여전히 똘망똘망하다. 고인도 눈이 크고 이목구비가 또렷했다. 아내와 같이 그의 시골집을 방문하면 서글서글한 눈 빛으로 친절하게 맞아 주던 일이 생각난다. 연약하고 노쇠한 동물도 제 명을 누리며 살고 있는데, 바위처럼 튼튼한 사람이 한순간에 가다니 말문이 막힌다.

마준이가 자꾸만 쓰다듬어 달라고 고개를 들이민다. 귀찮아서 밀쳐냈다. 눈치 하나는 빨라 더는 엉기지 않고 슬금슬금 탁자 밑으로 기어들어간다. 녀석의 늙고 쇠락한 모습에 애잔함이 묻어났다. 나도 머잖아 저렇게 늙어 갈 것이 아닌가. 동병상련을 느끼며 녀석의 머리를 쓰다듬어 주고 집을 나선다.

장례식장에는 문상객들로 발 디딜 틈이 없다. 고인의 삶이 각박하지 않았음을 나타내는 증거가 아니겠는가. 저 세상 사람이 된 남편의 영정을 붙들고 오열하고 있을 엄 선배에게는 뭐라고 위로 할까? 섣부른 말은 오히려 상처만 주리라. 눈물 많은 아내는 그녀를 부둥켜안고 울기부터 할 게 틀림없다.

　남의 불행을 보면 성숙해지나 보다. 문상을 마치고 돌아가는 길에 차선을 잘못 들어섰다. 그 바람에 멀리 우회해야 했다. 아내 보기가 민망했다. 아내는 그것도 모르고 투덜댔다. 여느 때 같으면 맞받아쳤을 텐데 오늘은 내키지 않았다. 아무리 미워도 마지막까지 내 곁을 지켜줄 사람은 아내뿐일 것이다. 그녀의 손을 가만히 잡아본다. 따뜻하다.

가마랑

아침에 일어나니 하얗게 눈이 내렸다. 오늘은 1박 2일 일정으로 워크숍을 가는 날이다. 행선지는 공룡발자국 화석으로 널리 알려진 경남 고성 상족암 부근의 '가마랑 펜션'이다. 지난해는 폭설로 예약을 취소했는데, 다행히 그 정도는 아니어서 편안한 마음으로 집을 나섰다.

한 달 전에 다녀왔던 남해 여행을 떠올리며 출발했다. 일찌감치 남해 일대를 둘러본 우리는 곧장 경남 고성으로 달려갔다. 상족암 선착장에서 유람선을 타기 위해서다. 도착했을 때는 이미 선장이 시동을 걸고 있었다. 첫인상이 좋왔다. 서글서글한 눈빛과 교양 있는 말투가 이런 한적한 곳에서 유람선이나 부릴 사람 같지는 않다.

바다에는 크고 작은 섬들이 올망졸망 그림같이 펼쳐진다. 정겨운 모습이라 흔들리는 배안인데도 마음이 편안하다. 확성기에서 선장이 해설하는 소리가 흘러나왔으나 엔진소리에 묻혀 잘 알아들을 수가 없다. 아마도 맞은 편 섬에 우뚝 솟은 암석을 설명하는 것 같다. 뭉툭한 모습이 꼭 원숭이 얼굴처럼 생겼다. 배가 계속 앞으로 나가자, 왼쪽에 바위가 층층이 쌓여 떡바위라고 불리는 시루떡처럼 생긴 작은 섬이 나타난다. 바라보는 것만으로도 배가 불러온다. 이곳을 지나던 어부들도 그 바위를 보며 만선의 기쁨과 함께 시장기를 면했으리라. 그 너머로 나무가 무성한 또 다른 섬, 동백섬이 보인다. 가수 이미자가 부른 '동백아가씨'의 주인공이 살았던 곳이라 한다. 지금 그곳에 가면 바다로 나간 님을 그리다 붉은 동백꽃이 되었다는 아가씨를 만날 수 있으려나?

배가 부두에 도착할 무렵이다. 맞은편 해안으로 시선을 돌리니 남쪽으로 경사진 언덕 위에 애벌레를 닮은 황토색

조형물이 하나 보인다. 선장은 옛날에 옹기를 굽던 가마라고 했다. 이곳은 좋은 흙이 나오고 땔감이 풍부하기 때문에 옛날부터 옹기공장이 번성했던 곳이란다. 선장 내외가 20년 전 이 가마터를 사들일 때는 공장이 문을 닫아 거의 폐허가 되다시피 했다. 요트 만드는 회사를 경영했던 선장은 이곳에 오면서 골격만 남은 가마를 본래 모습대로 재현했다. 가마터 옆의 주택이 우리가 숙박할 '가마랑 펜션'이다.

선장은 15, 6년 전부터 점차 사라져가는 옹기를 수집해서 '가마랑'이란 옹기 박물관을 차렸다. 굴뚝, 독, 혼례용이나 제례용 도구, 밥솥, 술독, 신주단지, 항아리, 떡시루, 물장군, 약탕기, 어구 등, 옹기의 종류가 그렇게 많은 것에 놀랐다. 옹기의 용도를 하나하나 설명하는 선장의 눈빛에서 자신의 수집품에 대한 자부심을 읽었다.

전시실을 둘러보던 중, 눈에 익은 항아리 하나가 시선을 붙잡았다. 풍만한 몸통의 곡선이 아름다운 항아리는 어린 시절 우리 집 대청마루에서 보던 것과 닮았다. 어머니는 그것을 쌀독으로 사용했다. 종종 홍시와 엿 등의 간식거리를 넣어 두어 뱃속이 허전할 때면 뚜껑을 열어보던 때가 생각난다.

또 하나 눈길을 끈 것은 뚜껑 달린 종지 다섯 개를 붙여 만든 양념 통 세트와 짚으로 채워져 있는 요강이다. 예전에 신부의 혼수품이라고 했다. 양념통은 낯설고 서먹서먹한 시집살이에서 식구들의 까다로운 입맛을 맞추는 데 요긴하게 쓰였을 것이다. 앙증맞은 요강은 신행길에 신부가 사용하던 것이라고 한다. 도중에 볼일이 생기면 새색시의 입장에서 얼마나 난감했겠는가? 가마를 세우고 아무 곳에서나 일을 볼 수도 없었으니 신부에게는 안성맞춤일 것이다. 혹여나 실수로 요강을 엎어버릴지도 모르니, 그걸 염려해서 짚을 넣어 둔 친정어머니의 세심한 배려가 놀랍다.

선장의 집념으로 태어난 '가마랑'에 말없는 찬사를 보낸다. 요즘 화학제품으로 인한 부작용이 사회문제가 되고 있다. 옛것의 소중함과 조상의 지혜를 우리는 너무 잊고 사는 것이 아닐까. 옹기가 플라스틱 그릇을 밀어내고 우리 생활에 다시 주인공으로 돌아오는 그날이 왔으면 한다.

환절기

옷을 어떻게 입어야 할지 고민이다. 벌써 겨울옷은 무겁다는 느낌이 든다. 그렇다고 봄옷을 입기도 이른 것 같다. 이 옷 저 옷 만지작거리다 줄무늬가 있는 남색 양복에서 손길이 멈췄다. 춘추복이라 다소 이른 감은 있지만 칙칙한 기분도 떨쳐 버릴 겸 그걸 입기로 했다.

바깥 날씨는 생각보다 쌀쌀했다. 다시 들어가 옷을 바꿔 입고 나올까 망설이다 낮에는 더워질 걸 생각해서 옷깃을 여미고 역으로 발걸음을 옮겼다. 학교까지는 대략 한 시간 정도 걸린다. 3호선을 타고 가다 신남역에서 2호선으로 환

승을 했다. 승용차로 출근할 때는 옷에 신경쓰지 않았는데, 전철을 이용하면서부터 달라졌다. 요즘 같은 환절기에는 변화에 맞춰서 옷 입는 것이 어렵다.

전철 속에서 사람들이 자꾸만 쳐다보는 것 같아 어색했다. 도둑이 제 발 저린다더니 철이 아닌 옷을 입었다는 생각에 공연히 신경이 쓰인다. 아직 겨울옷을 입은 사람들이 많았다. 간간히 봄옷을 입은 이도 눈에 띄었다. 두터운 외투를 입은 사람이나, 얇은 봄옷을 입은 사람 모두 자신의 옷차림에 만족한 얼굴은 아니었다. 환절기의 옷 입기는 나만 어려운 것이 아니라 모든 사람에게도 쉬운 일이 아닌가보다.

짧은 치마에 속살이 훤히 비치는 얇은 스타킹을 신은 아가씨가 내 시선을 끈다. 입술이 새파란 것으로 봐서 추위를 참고 있는 듯하다. 그래도 태도만은 당당하다. 한 겨울인데도 덥다고 바지를 걷어 올리던 초등학교 6학년 사내 녀석이 눈앞에 어른거린다. 또래보다는 덩치가 큰 녀석이었다. 모두 솟구치는 열기를 발산하지 못해 어쩔 줄 모르는 청춘들이 아닌가. 그들이 부럽다. 나에게도 그런 시절이 있었는지 아득하다.

　우주의 변화를 음양오행으로 설명하는 사람들은 환절기를 토(土)의 기운으로 본다. 계절과 계절 사이의 복잡한 기운을 조절하고 다음 계절로 순탄하게 옮겨 가도록 교량 역할을 하는 기운이다. 지금은 겨울에서 봄으로 바뀌는 시기다. 겨울의 찬 기운이 봄의 따뜻한 기운과 교차하면 얼었던 땅이 풀리고 생명의 기운이 약동하기 시작한다. 봄과 여름, 아침과 낮의 기온 차에 따라 더웠다 추웠다를 반복하는 사이 더워진 날씨에 익숙하게 된다. 자연의 섭리가 오묘하다.

　젊은 날에는 불편해도 깔끔한 것이 좋았다. 답답해도 넥타이를 매어야 했고 신발은 항상 반들반들해야 했다. 남의 시선을 의식하거나 튀는 모습을 부담스럽게 여기지 않았다. 요즘은 그런 모습이 오히려 불편하다. 지나치게 깔끔한 것은 버스나 지하철에서 너무 도드라져서 싫다. 옷차림도 세월이 가져다 주는 변화에 순응했음일 것이다.

　변하지 않는 것은 없다. 흘러가는 강물도 어제의 물과

오늘의 물은 다르다. 늘 그 자리에 있는 바닷물도 해류로 인해 항상 같은 물이 아니다. 기성세대가 물러가면 신세대가 밀려오듯 세상도 변하고 사람도 변한다. 변화의 경계에서 양쪽을 균형 있게 조절하는 것이 환절기다.

인생 1막을 마무리하고 2막을 시작하려는 지금이 나에게는 환절기이리라. 지난날에 대한 미련과 앞날에 대한 욕심 사이에서 갈등의 시간이 길어지면 결정해야 할 적절한 시기를 놓칠 수 있다. 환절기는 되도록 짧게. 미련은 과감하게 버리고 욕심 없이 다가올 2막을 대비하자.

우리는 서로를 위해 즐거운 마음으로 리모컨이 되어
봉사를 한다. 보통의 리모컨은 일방적이고 에너지가 제한적이며
게을러질 위험도 있으나, 사랑의 리모컨은 쌍방향이고
서로의 마음을 헤아릴 수 있으며 에너지원은 거의 무제한이다.

2부
사랑의 리모컨

최고가 아니라 최선이다

남해 창선대교에서 잠시 차를 세우고 바다를 본다. 크고 작은 섬들이 해녀가 띄운 부표인양 바다 위 여기저기 떠 있다. 유람선 한 척이 그 사이로 물살을 가르고 지나간다. 잔잔한 파문이 일고 그 위로 햇빛이 반사되어 눈을 간질인다. 섬으로 둘러싸인 바다가 유년시절 자주 찾던 동네 연못처럼 아늑하고 정겹다.

지난 토요일, 대학 동기들이 부부동반해서 남해로 여행을 다녀왔다. 여행에는 언제나 새로운 것에 대한 기대와 흥분이 따른다. 이번에도 우리는 독일마을의 원에 예술촌

에 대한 기대로 출발부터 마음이 설레었다. 정원이 있는
예쁜 집은 아파트 생활에 식상해 있는 사람들이 한 번 쯤
은 가져 보는 꿈일 것이다.

　독일마을에 도착하니 먼저 온 사람들로 마을이 제법 붐
볐다. 빨간 지붕과 하얀 벽이 있는 유럽풍의 아담한 집들
이 저마다 좋은 자리를 점하고 있다. 차에서 내려 뒤돌아
보니 남해의 풍광이 한눈에 들어온다. 너무 가깝지도 멀
지도 않은 좋은 위치다. 멀리 방파제 끝자락에 빨간 등대
와 하얀 등대가 정답게 마주보고 우리를 향해 손짓하는
듯하다.

　다시 차를 타고 독일마을을 지나 10여 분을 더 가니 원
예 예술촌이 보였다. 각자 입장권을 한 장씩 사들고 안으
로 들어갔다. 초입에 왼쪽으로 돌아가라는 안내 표지판이
있었다. 그것이 가리키는 대로 오솔길을 따라 좀 더 걸어
가니 좌우 화단에서는 초겨울인데도 시들지 않은 화초들
이 꽃망울을 터뜨리며 우리를 반겨 주었다. 화단 한쪽에
예쁜 연못이 조성되어 있고 빨간 단풍나무 한 그루가 저물
어가는 가을이 아쉬운 듯 마지막 기염을 토해낸다. 우리는

연못과 단풍나무를 배경으로 사진을 찍고 한걸음씩 앞으로 나가며 눈앞에 펼쳐진 풍광에 빠져들기 시작했다.

남해의 독일마을과 원예 예술촌은 우리의 기대를 저버리지 않았다. 독일마을은 젊은 시절 대부분을 독일에서 보낸 간호사와 광부들이 귀국해서 살고 있으며, 원예 예술촌은 20여 명의 원예전문가들이 시범적으로 조성해 온 마을이다. 오랜 세월을 타국에서 살다 온 집주인들은 이미 몸에 밴 자신들의 생활 방식대로 마을을 꾸미고 살아왔을 것이다. 집 설계며 건축자재들을 독일에서 가져왔다고 하는데도 우리 눈에 낯설지 않고 오히려 신선하게 보이는 것은 무엇 때문일까? 집의 모양과 배치, 정원의 소품 하나하나도 허술하게 다루지 않은 집주인의 마음과 정성이 담겼기 때문이 아닐까?

이 마을에서는 풀 한 포기, 나무 조각 하나도 자기에게 맞는 자리를 차지하고 있다. 작은 것은 작은 대로, 큰 것은 큰 대로, 굽은 것은 굽은 대로, 휜 것은 휜 대로 자기에게 주어진 자리에서 더 두드러지지도 않고 그렇다고 더 못나 보이지도 않는다. 어느 것도 최고가 되기보다는 최선을 다하고, 자기 본래의 빛깔을 들어내며 서로 조화를 이룰 뿐이다. 이러한 조화가 이 마을의 아름다움을 더욱 상승시키는 효과가 되고 있으니, 많은 사람이 이곳을 찾는 이유이리라.

  우리나라 부모들은 오로지 자기 자식만 최고면 된다고 생각하는 사람이 많다. 자녀가 초등학생인데도 장차 일류 대학을 보내겠다는 생각에 매달 수백만 원을 내고 선행학습을 시키는 부모도 있다고 한다. 심지어는 초등학생을 대상으로 의과대학 진학반이 성업 중이라는 웃지 못할 얘기도 들려온다. 최근 미국 대통령이 한국 부모의 교육열을 좋은 의미에서 자주 언급한 적이 있다. 실제로 우리나라 부모들의 교육열은 세계 어느 부모 보다 높다. 그러나 그 교육열이 자기 자식들에게 편향되어 있다는 점이 문제이리라.

  문득, 나도 늘 일등만이 최고라고 생각하며 살아 온 것은 아닌지? 내 아이들과 제자들에게도 그것을 강요하며 살아오지는 않았는지? 반성을 해 본다. 과유불급(過猶不及), 넘침은 오히려 부족함만 못하다. 자신의 분수를 알고 그것에 만족하는 삶이 행복한 삶이다. 이번에 대학을 졸업하는 둘째에게도 건강하고 바르게 성장해 주어서 고맙다는 문자를 보내야 하겠다.

우리에게 필요한 것은 최고가 아니라 최선이다. 일등이 아니라 꼴등이라도 자기에게 주어진 자리에서 묵묵히 최선을 다하는 그런 사람이 그립다. 남해의 독일마을에서는 하찮은 소품조차도 자기에게 어울리는 자리가 어디인지 알고, 더 이상의 욕심 부리지 않는다. 자기만의 색깔을 오롯이 들어내며 빛내고 있을 뿐이다.

구멍 난 양말

    학부모 연수가 있는 날이다. 여성들 앞에 서려니 다른 날보다 옷차림에 신경이 쓰였다. 가진 옷은 철따라 바꿔 입을 수 있는 정장 서너 벌이 전부인데, 오늘따라 그 옷에 어울리는 셔츠, 넥타이, 양말을 무엇으로 할지 궁리하느라 꽤 많은 시간이 걸린다.

    옷 입기를 마치고 거울을 보니 제법 근사해 보인다. 뒤태를 보려고 유명 모델이 하는 것처럼 한 바퀴 빙 돌아보았다. 제 모습에 취해 얼빠진 행동을 하는 것을 나르시시즘이라고 했던가. 사람은 누구나 약간의 자기애(自己愛)적

성향을 보인다고 하지만, 식전부터 무슨 주책인지 모르겠다. 옆에서 지켜보고 있던 아내도 못마땅한지 가자미눈을 하고 입을 비죽거린다. 그런 아내를 놀려주느라고 한 바퀴 더 돌아보였다. 그러나 문제는 그 다음이었다.

"양말에 구멍 난 줄도 모르고 지금 뭐하는 거예요."

아내의 목소리가 송곳이 되어 내 귀를 파고든다. 얼른 내려다보니 양말에 난 구멍으로 머리를 내민 발가락 하나가 풍욕을 신나게 즐기고 있는 중이다. 잔뜩 멋을 부린다고 공을 들였는데, 양말에 구멍 난 것을 미처 몰랐다니. 이 꼴로 출근했다면 어머니들 앞에서 게으른 남자의 표상이 될 뻔 했지 않은가.

몇 개월 전에 발가락이 하도 가려워 병원에 갔더니 무좀이라고 했다. 다행히 그리 심한 편이 아니어서 의사의 처방대로 얼마동안 약을 바르니 완치가 되었다. 그 후로는 발 건강을 위해서 부드러운 순면 양말만을 주로 신어 왔는데, 산 지 얼마 안 됐는데도 곧잘 구멍이 났다. 아내는 발가락에 못이 솟았냐고 핀잔만 했지 기워줄 생각은 안했다. 그렇다고 버리기는 아까워 모아 두었더니 성한 양말과 섞여서 가끔 출근시간에 이런 실수를 저지르고 만다.

어머니는 생전에 양말에 구멍 나고 교복 단추가 떨어지면 어떻게 아셨는지 금방 기워주고 달아주셨다. 바쁜 가운데에도 아들이 입고 다니는 옷만은 늘 세심하게 살피고 다듬어 주시며, 어머니의 책임에 조금도 소홀한 적이 없었던 것이다. 그 덕분에 내 교복은 항상 단정하고 깔끔했다.

TV에서는 연일 '세월호' 소식이 흘러나온다. 이미 엎질러진 물이지만, 자식을 돌보는 어머니 같은 마음으로 평소부터 잘 점검하고 관리했더라면 사고로 이어졌겠는가. 희생자 가족들의 마음은 이미 숯검정이 되었으리라. 가슴이 먹먹해서 고개를 들어보니 천정에 매달린 전등불이 밝다. 호롱불 켜 놓고 알전구 끼워 양말 깁던 어머니가 그립다.

요즘은 단추가 떨어져도 그냥 지내는 경우가 많고, 양말에 구멍이 나서 발가락이 나오는 민망한 경우도 더러 겪는다. 젊은 시절에 비해 지금의 내 모습은 난파선인 셈이다. 물론 나이가 들면서 모양내는 데 다소 무관심해진 탓도 있겠지만, 예전 어머니 같은 보살핌을 받지 못하기 때문이다. 아내는 남편 옷에 단추가 떨어졌는지, 양말에 구멍이 났는지 무관심으로 일관한다. 하지만 사랑이 식어서 그런 것은 아닌 것 같다. 그렇다고 세월호의 주인처럼 사리사욕에 눈이 멀어서 그런 것은 더욱 아닐 것이다. 간 큰 남자라고 비난 받더라도 이제는 아내의 무관심에 항변을 하고 싶다.

'나에게 제발 조금만 더 관심을 가져 주오.'
'가장이 파도에 휩쓸려 난파한다면 가정은 도대체 어찌 되겠소.'
'당신은 나의 선장이요, 항해사요, 기관사가 아니오. 어머니 같은 돌봄을 소리쳐 요구하오.'

그러나 차마 소리가 되어 밖으로 나오지는 못한다. 아내의 무관심은 남편의 독립심을 키우기 위한 의도된 배려일지도 모른다.

최근에 발생한 '세월호' 침몰 사고는 관련자들의 무관심과 무책임한 일처리에서 비롯된 것으로 들어났다. 그제도 탈이 없었고, 어제도 탈이 없었으므로, 오늘도 괜찮을 것이라는 안일한 생각에서 이미 시작되고 있었다. 아내의 무관심은 구멍 난 양말을 신고 약간의 부끄러움을 당하면 그만이다. 하지만 선장과 승무원들, 그리고 책임 있는 사람들의 무관심과 무책임은 수많은 생명을 앗아가고 그들의 미래를 침몰시키고 말았다. 출발 전에 배에 실은 화물이 기준을 초과했는지, 단단하게 묶었는지, 항로를 제대로 항해하고 있는지 세심하게 점검하고 안전조치를 철저하게 했어야 했다. 이번 사고는 작은 이익을 얻으려 하다가 오히려 큰 것을 잃고만 소탐대실의 표본이다. 그리고 우리 사회가 수많은 구멍으로 얼룩져 있음을 일깨워준 사건이다.

양말에 난 구멍은 기워 신으면 되지만, 사회 안전망의 구멍으로 발생한 세월호 침몰 사고는 온 국민을 멘붕 상태로 빠지게 했다. 이제 한창 꽃피울 어린 학생들의 희생을 돌려놓을 수 없다는 사실이 슬프기만 하다. 희생된 대부분의 학생들은 승무원들의 지시에 양처럼 순종했던 착한 학생들이 아닌가. 앞으로 교육자의 한 사람으로서 어떻게 학생을 가르쳐야 할지 혼란스럽기만 하다.

양말 서랍에서 구멍 난 양말을 모두 가려냈다. 아내 탓만 하지 말고 이제부터라도 조금씩 짬을 내어 그것을 기울 생각이다. 예전에 어머니가 했던 것처럼. 살면서 만들었을 구멍들도 찾아 하나하나 되돌려 놓자. 구멍 난 양말을 갈아 신었지만, 왠지 출근길이 더디기만 하다.

신참 신고식

5월 달력을 펼쳐 보니 첫 주에 빨간 날이 모여 있다. 주말과 공휴일이 연속되어 그야말로 황금 같은 연휴다. 세월호 사고만 아니었다면 온 나라가 축제와 나들이로 법석을 떨었을 터인데, 연일 매스컴을 통해 전해지는 소식은 우울한 것뿐이다. 춘래불사춘(春來不似春)이라더니 우리의 마음은 아직도 4월에 머물고 있다. 이번 연휴동안에는 희생자를 애도하는 마음으로 집에 머물며 밀린 일이나 해야겠다.

언제부터인가 퇴임을 하면 전원에서 살겠다는 꿈을 가

지고 있었다. 그간 틈나는 대로 귀농학교도 기웃거려 보고, 통나무 학교에서 집짓는 법을 배우기도 하며 조금씩 준비해 왔었다. 그 첫걸음으로 3년 전에 대구 인근 작은 마을에 보금자리를 마련했다. 지금은 주말마다 이곳에서 텃밭을 가꾸고 정원을 꾸미며 소박하게 생활한다.

처음에는 모든 것이 낯설고 서툴기만 했다. 이웃에 사는 노인이 "하던 선생질이나 잘 하지, 뭐 한다고 촌에 와서 이 난리요. 농사는 아무나 하는 줄 아나. 군인이 총 메고 다니듯 호미를 허리춤에 차고 다니며, 정성을 다해야 되는 것이여."라고 충고할 때는 몽둥이로 맞은 것처럼 정신이 번쩍 들었다. 아파트 발코니에서 화초를 길러본 것밖에 없는 사람이 텃밭 가꾼다며 하는 짓거리가 농사 십 단인 노인의 눈에 곱게 비쳤을 리 만무하다. 그의 밭에는 풀 한 포기 없고 농작물이 탐스러울 만큼 싱싱하게 자라고 있는데, 내 밭에는 농작물이 눈에 띄지 않고 풀들만 무성하게 자라서 키재기를 하고 있다.

오늘 아침에는 앞마당의 소나무 한 그루가 꼭대기부터 노랗게 말라가고 있어서 걱정이다. 작년에 심었던 소나무

열 그루 중 두 그루만 남고 모두 고사해 버렸다. 봄에 모두 잘라내고 다시 심었는데 그 중 또 한 그루가 시들시들했다. 아무래도 전문가의 도움을 받아야 할 것 같다. 나무한 그루만 해도 새 땅으로 옮겨와서 뿌리 내리기가 쉽지 않다.

"죽였어요?"
"아니, 봉지에 넣어 두었으니 제 놈들이 질식해서 죽겠지. 뭐."
점심을 먹으면서 아내가 아까 잡은 배추벌레를 어떻게 했느냐고 묻는 것이다. 점심 식사를 하면서 부부간에 나눈 대화치고는 너무나 살벌하지 않은가. 말을 하는 우리도 서로 바라보며 소리 내어 웃는다. 평소에는 벌레라면 기겁을 하던 사람이 애써 가꾼 배추가 앙상하게 줄기만 남아있는 것을 보고 화가 났던 모양이다. 하우스 안에서 한참 동안 안 나온다 했더니, 배추벌레가 가득 담긴 비닐봉지를 내밀며 날더러 처치해 달란다. 차마 그놈들을 죽이지는 못한 모양이다. 투명한 봉지 속에는 새파랗게 살찐 벌레들이 주둥이를 치켜들며 꼬물거리고 있었다. 그걸 잡으며 얼마나 징그러워했을지 상상이 간다. 나도 차마 그것을 죽이지 못해 봉지에 든 채로 꽁꽁 묶어서 햇볕이 잘 드는 통 속에 넣어 버렸다.

어렵고 힘든 시기도 지나고 시행착오도 많이 겪었다. 이제는 조금씩 전원생활의 달콤함을 맛보며 살 정도가 된 것 같다. 혼자서 제초비닐을 깔 줄도 알고, 김매기도 한 참에 서너 골을 해낼 수 있으며, 씨 뿌리고 모종 심는 시기와 거름 주는 방법도 알게 되었다. 직접 가꾼 상추로 쌈 싸 먹고, 감자, 고구마, 땅콩, 토마토를 수확하는 즐거움도 맛보고 있다.

앞마당에 이식한 소나무도 어렵다는 신참 신고식을 견뎌내고 내년 봄에는 창공을 향해 푸름을 마음껏 뽐낼 수 있을 것이다.

계단

아침 출근길에는 K 방송의 8시 뉴스를 즐겨 듣는다. 전날 소식을 종합해서 재방송 해 주기 때문이다. 오늘도 자동차에 시동을 걸면서 라디오 버튼을 누른다. 곧장 한 여성 리포터의 상큼한 목소리가 차 안에 울려 퍼진다. 그녀는 요즘 직장인들 사이에 계단 오르내리기가 유행이라는 소식을 전해 준다.

며칠 전에 주치의로부터 혈당 조절이 잘 안 된다고 주의를 단단히 들었다. 현재 상태가 지속된다면 합병증이 나타날 수 있다고 경고까지 받았다. 특히 그는 약에만 의존하지 말고 운동을 해야 한다고 강조했다. 요 며칠 사이 운동 량을 늘릴 수 있는 무슨 좋은 방법이 없을까 고민해 오던 중인데, 계단 오르내리기의 운동 효과에 대한 소식은 내 귀를 솔깃하게 했다.

그렇지 않아도 운동이 부족하다는 생각은 늘 하고 있었 다. 주로 신천 둔치로 나가서 걷기 운동을 하는 편인데, 집 에서 둔치까지 거리가 꽤 멀어서 평일에는 시간 내기가 어렵다. 가급적 주말에 운동을 많이 하려고 애쓰지만 그 것도 갖은 핑곗거리를 대며 빠지는 경우가 많다. 어떻게 하면 일정한 양의 운동을 매일 꾸준하게 할 수 있느냐가 관건이다.

'왜, 계단 생각을 하지 못했을까?' 등하불명(燈下不明) 이라더니, 가끔 계단을 오르내리면서도 그것의 운동 효과 에 대해서는 미처 생각하지 못했다. 계단은 늘 가까운 곳 에 있으니 바쁘고 멀다는 핑계로 운동을 게을리 하는 내게 안성맞춤이 아닌가. 비용이 드는 것도 아니고 시간을 따로 낼 필요도 없다. 일상생활이나 출퇴근 때 계단을 이용하면 되는 것이다. 자료를 찾아보니 1층을 오르는데 7cal 정도의 운동 효과가 있다고 한다. 매일 10층을 오르내리면 70cal 이상을 소모하게 된다. 그걸 아침, 저녁으로 꾸준히 한다면 엄청난 운동 효과를 기대할 수 있을 것이다. 계단의 존재를 모르고 있던 내게 그것을 깨우쳐 준 여성 리포터가 고맙다.

몇 년 전만해도 등산을 좋아해서 주말이면 가까운 산이나, 먼 산을 가리지 않고 찾아 다녔다. 그 당시 함께 다녔던 동료의 말이 생각난다. 그가 사는 아파트 주민에 관한 이야기다. 그 사람은 책을 가득 넣은 배낭을 짊어지고 매일 꼭대기 층까지 계단 오르내리기를 한다고 했다. 그때만 해도 별난 사람이라고 비웃었다. '산에 오르면 운동도 되고 맑은 공기를 마음껏 호흡할 수 있으니 얼마나 좋은가. 그럴 시간이 있으면 산에라도 오르지.' 라고……. 이제야 그를 이해할 수 있을 것 같다. 그의 행동이 나름대로 이유가 있었던 것이다.

잠깐만 둘러보아도 계단은 우리 주변 곳곳에 있다. 비탈진 곳이나 산길, 가정, 백화점, 아파트 등, 계단은 언제나 필요로 하는 곳에 엎드려 등을 내밀지만 사람들이 애써 그

것을 외면한다. 편리한 것만 찾는다고 엘리베이터나 에스컬레이터로만 몰린다.

편리함 때문에 계단은 사람들의 시선과 동선 밖으로 밀려나 뒷방 늙은이 취급을 받지만, 필요로 하는 사람에게 등을 내주려고 항상 대기하고 있다. 은밀한 속삭임을 원하는 연인들에게는 그 속삭임의 장소로, 하루의 바쁜 일과로 지쳐있는 사람에게는 잠시 휴식을 취할 수 있는 쉼터로, 운동이 필요한 사람에게는 언제든 편한 시간에 운동할 수 있는 곳으로, 엘리베이터가 멈춰 섰을 때는 그 대체수단으로, 아낌없이 제 몸을 내 주려고 세월을 낚고 있다.

계단은 불평하지 않는다. 화려한 곳일수록 어둡고 눈에 잘 띄지 않는 구석진 곳에 설치되지만, 자신의 처지를 탓하지 않고 묵묵히 제자리에서 소임을 다한다.

우리 주변에는 계단처럼 눈에 띄지 않고 구석진 곳에서 자신의 책임을 다하는 사람들이 있다. 이들은 항상 2선에서 말없이 역할을 수행하며 세상을 밝고 행복하게 가꾸어 간다. 새벽길을 청소하는 분, 밤늦게까지 시민의 발이 되어 주는 분, 늙고 힘없는 노인들에게 생명의 불을 지펴주는 분, 평범한 보통 사람들, 이들이 있어서 우리는 한 계단 한 계단 위로 오르며 어제 보다는 오늘, 오늘 보다는 내일의 행복을 꿈꾸며 세상을 살아간다.

아침 뉴스가 끝날 때쯤 차가 학교에 도착했다. 주차를 하고 중앙 현관으로 들어서니 때마침 등교하는 아이들이 반갑게 인사한다. 2층으로 올라간다. 오늘은 다른 날과 달리 계단이 더욱 든든하게 느껴진다. 아무리 많은 사람이 밟고 다녀도 싫은 소리 하지 않고 묵묵히 든든한 등을 내주는 계단이다.

교내 커플 1호

가을 단풍이 한창인 11월의 어느 토요일, 이 날은 우리 학교 '교내 커플 1호'가 탄생하는 날이다. 결혼식장은 월드컵 경기장의 '오월의 정원'이다. 주례를 맡아서 일찍 집을 나섰더니 높고 푸른 하늘이 방긋 미소 짓는다. 결혼식 하기에 딱 좋은 날씨다. 월드컵 경기장에는 많은 사람이 삼삼오오 모여서 운동을 하거나 쉬면서 화창한 휴일 오전을 즐긴다.

달포 전이다. 우리 학교에 근무하는 박 선생과 조 선생 둘이 나란히 문을 열고 들어왔다. 두 사람의 표정이 예사

롭지 않아서 '뭔 일인가' 하고 긴장했더니, 박 선생이 사각 봉투를 공손히 건넨다. 청첩장이었다. 미리 말씀드리지 못해서 죄송하다며 둘이 결혼한다고 했다. 그리고 주례를 부탁한다고 했다.

우리 학교에는 총각선생이 세 사람 있었다. 그들 중 두 사람이 금년 2월과 9월에 각각 결혼하고 마지막 남은 사람이 박 선생이다. 요즘 기준으로 본다면 혼기가 꽉 찬 30대다. 크렘린 같은 사람이라 겉으로는 속마음을 알 수 없었다. 연애나 할 수 있을지 은근히 걱정도 되었다. 박 선생은 그래도 남자라서 덜하다. 더한 사람은 여자로서 이미 혼기를 넘긴 조 선생이다. 이들을 어떻게 맺어줄 수 없을까 궁리하던 중이었다. 내 마음이 이들에게 통한 것일까?

두 사람이 결혼한다니 반갑고 기쁜 마음에 기꺼이 주례를 맡기로 했다. 젊은 두 남녀가 서로 사랑의 보금자리를 틀고 새 출발 하려 한다. 우리 학교 최초의 '교내(校內) 커플'이 탄생하는데 마다할 수 없는 일이다. 두 사람에게 튼튼하고 질긴 인연의 다리를 놓아 주자.

누가 먼저 사귀자고 했는지, 언제부터 결혼하자고 했는지, 신혼여행은 어디로 할 건지, 눈치 없는 노인네처럼 시시콜콜 물었다. 그 사이 시간은 30년 전으로 되돌아가고 화석처럼 굳어버린 기억의 조각들이 수면 위로 떠올랐다. 캠퍼스 커플이었던 우리 부부도 주례를 부탁하려고 지도교수 연구실을 찾았던 것이다.

주례를 승낙하기는 했지만 내게 그럴만한 자격이 있는지 염려되었다. 두 사람의 행복을 빌어줄 만큼 떳떳한 삶을 살아왔는지. 행복하게 새로 출발하는 젊은 신랑 신부를 무슨 말로 축복해 줄 것인지. 주례는 신랑 신부의 평생 멘토라는데 내가 그럴만한 덕을 갖췄는지. 혼례는 인간이 성장해 가정을 이루는 성스러운 의식이 아닌가. 이 의식을 주관하는 주례는 막중한 책임감으로 자기 성찰이 필요할 것이다. 과연 잘 해 낼 수 있을까?

식장 안으로 들어가니 모여든 하객들로 북새통이다. 간신히 예식실을 찾았다. 신랑이 반갑게 맞이한다. 결혼 준비하느라 힘들었나 보다. 얼굴이 반쪽이다. 신랑이 안내하는 대로 양가 혼주와 인사를 나누었다. 신랑 신부 모두 양가 부모를 많이 닮았다. 신부 대기실로 가서 신부를 만났다. 예쁘게 화장하고 웨딩드레스를 입은 모습이 아름답다. 결혼식 준비는 신랑 혼자서 했는지 신부의 표정은 밝고 행복해 보였다.

결혼은 사회자와 사전에 협의한 식순에 따라 진행했다. 성스럽고 엄숙한 높은 자리에 서서 까만 양복을 입은 듬직한 신랑과 하얀 드레스가 잘 어울리는 신부를 바라보았다. 30년 전 내게도 이런 시절이 있었다. 그때 느꼈던 뭐라고 표현할 수 없는 기쁨과 떨림. 두 사람의 마음도 지금 그러리라.

성철스님은 부부는 서로에게 덕 보겠다는 생각보다는 서로에게 덕을 주겠다는 생각으로 살아야 한다고 했다. 남편은 아내에게, 아내는 남편에게 서로 덕 볼 궁리만 하며 살아간다면 그 부부관계는 오래 갈 수 없다. 두 사람의 결혼식에 조금도 손색없는 말씀이다. 신랑신부가 검은 머리가 파뿌리가 될 때까지 서로를 위하고 아끼며 행복하게 살기를 바란다.

주례사가 끝나자, 젊은 남자 교사 세 사람이 축가를 부르기 위해 앞으로 나왔다. 노래 가운데 '뽀'라는 말이 나오면 신랑 신부는 뽀뽀를 해 달라고 하며 노래를 시작했다. 모두들 '뽀' 소리가 나오길 기다리며 노래에 집중했다. 양가 혼주도, 모든 하객도 청신경을 곤두세웠다. 기다리던 소리는 노래의 끝부분에 가서야 나타났다. 후렴을 '뽀뽀뽀'로 바꿔서 불렀다. 신랑 신부도 그 노래에 맞춰 '쪽쪽쪽'. 신랑의 멋쩍음과 신부의 부끄러움은 어디론가 던져버리고, 노래가 끝날 때까지 아예 입술을 붙이고 있다.

노래는 2, 3절까지 이어졌다. 처음에는 그럭저럭 봐줄만했으나, 계속 그런 모습이 이어지니 나중에는 쳐다보기가 민망했다. 그러나 이 정도는 애교로 봐줘야 한단다. 이런 작은 이벤트가 따뜻한 결혼식을 만들고 혼주와 하객이 즐거운 마음으로 신랑 신부의 앞날을 축복해 준다면 그보다 더 좋은 일이 어디 있겠는가.

요즘 젊은 사람들은 혼기가 지났는데도 결혼할 생각을 하지 않는다. 젊은이들이 제때 결혼해서 건강하고 똑똑한 아이들을 쑥쑥 낳고 잘 키워야 가정과 나라의 미래가 희망적이지 않겠는가. 시골에 가보면 어린아이 울음소리를 들기가 어렵다. 동네 골목에서 뛰어노는 아이들의 재잘거리는 소리도 거의 사라진 지 오래다.

우리 학교 교내 커플 2호를 기대해 본다.

사랑의 리모컨

　리모컨을 조작해서 원하는 것을 뜻대로 할 수 있을 때, 마치 내가 대단한 인물이라도 된 것처럼 착각을 한다. 그래서 가끔 보고 싶은 TV프로그램을 먼저 차지하려고 가족끼리 쟁탈전을 벌이기도 한다.

　'리모컨'은 일정한 거리에 떨어져 있는 것을 원하는 대로 조정하는 기계이다. 정확한 명칭은 리모트 콘트롤러다. 보통은 손 안에 딱 들어갈 정도의 크기이며, 모양은 장방형이거나 둥글넓적한 것도 있고, 조이스틱이나 트랙볼 같은 형태도 있는 등, 쓰임새에 따라 여러 가지가 있다.

리모컨의 용도도 다양하다. 가정에서는 주로 텔레비전이나 오디오, 에어컨과 같은 전자 기기를 조작하는 데 사용한다. 산업 현장에서는 사람이 작업하기 힘든 좁은 공간에 로봇을 투입하여 리모컨으로 원격조종하는 경우도 있다. 장난감 자동차, 모형 비행기, 드론 등을 원격으로 운전하는 데도 리모컨이 쓰인다. 그 밖에 선풍기, 에어컨, 창문 가리개 등에도 요즘은 리모컨을 이용한다.

이따금 리모컨을 보면 신기하다는 생각이 든다. 어떻게 해서 사람이 멀리 떨어져 있는 것을 원하는 대로 조종할 수 있는지? 가정마다 다양한 전자 제품이 있고 각각 사용하는 리모컨이 다른데도 서로 헷갈리지 않고 제 길을 찾아 목적하는 바를 성사시킨다. 어찌 보면 위대한 요술사 같다. 과학의 힘은 참으로 대단하다.

두어 달 전, 이세돌과 인공지능 알파고의 대국은 세계인의 이목을 집중시켰다. 언론에서는 인간이 신의 권위에 도전하는 사례라고도 했다. 대국이 진행되는 동안 사람들은 대국의 승패에 촉각을 곤두세웠지만, 내 눈길을 끈 것은 다른 것이었다. 알파고를 대신해서 이세돌을 상대로 바둑

돌을 놓는 사람. 생각하기 나름이겠지만 그 사람은 알파고의 인간 리모컨이었다. 인공지능이 발달할수록 알파고와 같이 인간을 리모컨으로 삼아 인간을 지배하는 시대가 올지도 모른다. 인간의 정신은 쏙 빼버리고 인공지능이 시키는 대로만 움직이는 좀비 같은 인간이 종횡무진 누비고 다니는 걸 상상하면 미래가 끔찍하기만 하다.

지금은 리모컨이 잠시라도 옆에 없으면 불편함을 느끼는 세상이다. 그만큼 리모컨이 우리 생활 깊숙이 들어와 중요한 생활 도구로 자리 잡고 있다.

우리 집에는 특별한 리모컨이 있다. 있어도 그만, 없어도 그만인 리모컨이 아니라 서로에게 반드시 필요한 사랑의 리모컨이다. 약속이 없는 휴일에는 주로 집에서 TV를 보거나 독서를 하면서 지낸다. 그럴 때 사랑의 리모컨은 그 진가를 발휘한다. 우리 부부가 서로를 위해 각자 리모컨이 되는 것이다. 드라마를 보거나 책을 읽다가 커피나 과일이 생각날 때, 마치 리모컨 버튼을 누르듯 "커피 좀 주세요.", "과일 좀 주세요." 주문하면, 아내는 이내 나의 리모컨이 되어 내가 원하는 것을 해 준다. 요즘은 아내가 내 마음을 미리 알고 주문도 하기 전에 리모컨이 되어 주기도 한다. 사랑의 리모컨은 세월이 흐를수록 더 정교해지고 강력한 힘을 갖는다. 아내도 가끔 내가 리모컨이 되길 원할 때가 있다. 그럴 때면 기꺼이 아내의 리모컨이 된다. 커피나 과일을 대령하는 것은 기본이고, 채소 다듬기나 설거지와 같은 주방 보조 역할부터 수퍼에 가서 물건을 사오거나 쓰레기를 버리는 일까지도 한다. 대체로 내 경우는 둔한 편이라 아내가 시키는 일만 할 줄 알지 미리 알아서 챙기지는 못한다.

우리는 서로를 위해 즐거운 마음으로 리모컨이 되어 봉사를 한다. 보통의 리모컨은 일방적이고 에너지가 제한적이며 게을러질 위험도 있으나, 사랑의 리모컨은 쌍방향이고 서로의 마음을 헤아릴 수 있으며 에너지원은 거의 무제한이다.

사물과 사물 간에 통신을 주고받을 수 있는 사물 인터넷이 발달하면, 미래는 리모컨 시대가 될 것이다. 기왕이면 사람이 인공지능의 지배를 받는 미래보다는 사람과 사람 사이의 사랑의 리모컨 시대가 왔으면 좋겠다.

산책길을 돌아보며

동쪽 산등성이 너머로 해가 솟는다. 새벽하늘이 하얀 속살을 드러내고, 어둠이 물러가는 들녘에는 막 잠에서 깨어난 생명들의 기지개 켜는 소리가 들린다. 새로운 하루가 열리고 있다. 심장 박동이 잠시도 멈출 수 없듯 자연의 수레바퀴도 쉼 없이 돌아간다.

앞마당으로 내려섰다. 뜨락에 쏟아지는 햇살이 눈부시다. 석류나무의 어린 새싹에도, 돌 틈 사이 풀잎에도 빛을 받은 이슬이 영롱하게 빛난다. 뜰에 심은 영산홍은 이제야 꽃망울을 부풀린다고 바쁘다. 가슴을 펴고 크게 심호흡을 해본다. 신선한 공기가 폐부 깊숙이 스며들자 기분 좋은 소름이 돋는다. 새벽의 달콤한 잠에서 헤매고 있던 온몸의 세포들이 한꺼번에 눈을 뜸인가.

이곳에 온 지도 벌써 두 해가 되었다. 예로부터 성주 도 씨의 터전이 되었던 곳이다. 마을 뒤에는 나지막한 야산이 솟아 있고, 앞에는 넓은 들과 개울이 있다. 동네 앞 저수지 는 웬만한 가뭄에도 끄떡하지 않을 만큼 든든한 젖줄이 되 어준다. 참외농사가 주업이라 동네 어귀에 들어서면 비닐 하우스가 눈에 가득 들어온다. 얼핏 보면 그 풍경이 삭막 해 보이지만 부지런한 농부들의 삶의 현장이다. 그곳에는 불면 꺼질까 쥐면 터질까 애지중지 참외 모종을 가꾸는 그 들의 정성과 열정으로 넘쳐난다.

이곳에 온 뒤로 아침 산책은 하나의 일과가 되었다. 처 음에는 집 앞 농로를 따라 들판을 한 바퀴 도는 정도였다. 차츰 주변 지리에 익숙해지면서 뒷산으로 등산도 하고 이 웃 마을의 대성사를 다녀오기도 한다. 겨울에 뒷산 등산로 에서 멧돼지가 출몰했다는 말이 있어서 거의 가보지 못했 는데, 5월에 아카시아 꽃이 피면 다시 가봐야겠다.

산책 코스는 늘어났지만 주로 이용하는 것은 2km쯤 되는 농로이다. 지난 여름밤에 뜻밖에도 반딧불이를 발견했던 일이 생각난다. 무심코 길을 걷던 중 밤하늘에 반짝이며 홀연히 나타났다가 사라지는 날벌레들, 그놈들의 정체가 궁금해서 손바닥에 놓고 살피던 일이 지금도 생생하다. 개똥벌레라고도 하는 이놈들이 꽁지에 불을 붙이고 밤하늘을 수놓는 것은 짝을 유혹하기 위한 암컷들의 전략이라고 한다. 그 전략이 성공해서 더욱 불어난 반딧불이와 재회할 것을 올여름에도 기대해 본다.

오늘같이 여유가 있는 날에는 발걸음이 저절로 대성사를 향한다. 거기로 가는 길은 곧게 뻗은 농로의 끝에서부터 시작된다. 길에는 꼭두새벽부터 일터로 가는 농부 외에 다른 인적은 없다. 길가 풀밭에 무리 지어 자라는 쑥이 벌써 한 뼘은 될 것 같다. 노란 민들레꽃이 여기저기서 환하게 웃고, 할미꽃, 제비꽃도 저만치 서서 고개 숙여 인사한다. 누가 씨를 뿌린 일도, 봄이 왔음을 알려준 이도 없다. 그저 때가 되면 찾아와서 싹을 틔우고 꽃을 피운다. 해마다 자연의 섭리에 순응해서 또 한세상 펼치기 위함이리라.

대성사에 도착하니, 여기도 갓 돋아난 새싹과 풀잎들로 연초록 세상이 펼쳐졌다. 밤나무 숲길로 들어서니, 어린잎들이 제법 그늘을 드리우고 손님을 맞이한다. 그 아래 흙으로 돌아간 밤송이들이 한세상 다녀갔다는 흔적을 남겨 놓았다. 지난가을 여기에는 떨어진 밤송이와 알밤, 도토리들이 사방에 널려 있었다. 인적이 드문 곳이라 가끔 다녀가는 산짐승들 외에는 줍는 사람도 없었다. 덕분에 우리는 밤을 실컷 주우며 즐거운 추억 쌓기를 했다.

유년시절을 농촌에서 자란 내게 자연은 놀이터고, 군것질 창고였다. 봄에는 찔레순으로 입맛을 다시고, 여름에는 입 주위에 빨갛게 오디물이 들어서 집으로 갔다. 부족한 것이 많았지만 행복한 시절이었다. 요즘 아이들은 어느 세대보다도 풍족한 생활을 하면서도, 학업 성적, 교우관계, 경쟁으로 인한 스트레스가 크다. 인내심이 약하고 생명이 귀한 줄 모르는 아이들은 이런 심적 부담을 자살로 해결하려는 경향이 많다. 아이들을 경쟁으로 몰아넣지 말고 자연 속에서 심성을 살찌우는 인성교육이 어느 때보다 절실하다.

사색에 잠겨 걷다 보니 어느새 집이 가까워졌다. 잠시 돌아서서 지나온 산책길을 바라보았다. 꾸불꾸불한 길 위로 이미 화석이 되어버린 줄 알았던 내 삶의 조각들이 아지랑이처럼 피어오른다. 유년시절 단칸방에 다섯 식구가 모여 살던 일, 한 곳에 오래 머물지 못하고 자주 이사를 했던 일, 대학시절 생활비를 벌자고 가정교사 하던 일, 비포장도로를 버스로 통근하며 주경야독하던 7년의 세월, 여름에는 용광로가 되고 겨울에는 냉동고가 되기도 했던 옥탑방에서의 신혼생활 등이 하나하나 되살아난다.

무엇으로 이 길고 긴 인고(忍苦)의 세월을 견디어 왔는지? 이름을 크게 얻거나 부를 쌓지는 못했지만 소박하고 부끄럼 없는 삶을 위해 스스로 담금질하며 걸어온 인생의 산책길이다.

마당에는 천리향이 벌을 불러 모은다. 향기롭다. 아침 산책에 동행했던 아내의 양 볼이 발그레하다.

"농사꾼은 군인이 총을 메듯이
호미를 차고 댕기며
지심이 땅 심을 받기 전에 매야 하는 거여."

3부
죽비소리

죽비소리

　장마가 끝나자 텃밭에는 풀들이 제 세상을 만난 듯하다. 온갖 이름 모를 잡초들까지 가세하여 성시(盛市)를 이룬다. 호미는 들었지만 엄두가 나지 않는다. 문득, 선생질이나 잘 하지 촌에는 뭣 하러 왔느냐며 농사는 아무나 하는 것이 아니라던 시골 노인의 말이 뇌리를 스친다. 그가 작년 여름에 잡초로 뒤덮인 내 텃밭을 보고 모질게 한마디 툭 던진 말이다.

　한 해가 지났지만 귀에 붙은 그 말은 쉽게 떨어지지 않는다. 그는 무심코 한 말이겠지만 내게는 이곳을 떠나라는 속내가 있는 말로만 들렸다. 농사는 아무나 짓는 것이 아니라는 뼈 있는 경고였다. 이곳에서 여생을 보낼 생각으로 힘들게 터를 고르고, 집을 짓고, 밭을 일구어 왔다. 그 과정을 처음부터 지켜봐 오지 않았던가? 서운한 마음에 끓어오르는 화를 누르지 못하고 왜 남의 일에 콩 심어라 팥 심어라 하느냐, 당신 도움은 필요 없으니 내 집에 발걸음도 하지 말라고 몰아세웠다. 무안해진 그는 말없이 돌아갔다. 그 일이 있은 후, 서먹서먹해지고 왕래도 드문드문해졌다.

주말에 한 번씩 오면 할 일은 태산 같았다. 대부분 미룰 수 없는 일들이다. 무성하게 자란 잡초는 잠시라도 방치하면 온 밭과 마당을 점령해 버린다. 그날도 이미 앞마당에서 잡초와 한바탕 전쟁을 치른 뒤였다. 몸과 마음이 지쳐있는 상태에서 그가 한 말을 생각하니, 사서 고생하는 내가 서글퍼졌다. 낭만적인 전원생활에 대한 환상은 이미 깨진 지 오래였다. '이쯤에서 그만 접을까?' 그렇잖아도 언제부터인가 마음속에는 포기하자는 꼬드김이 점점 소리를 높이고 있었다. 처음 귀촌을 결심했을 때 지인들이 만류하던 말들이 자꾸 떠올랐다. 한 친구는 잡초와의 10

년 전쟁을 청산하고 나서야 하늘을 볼 수 있었다고 하지 않았던가. 소용없는 일이지만, 진작 그 말들에 귀를 기울이지 않았던 것이 후회 된다. 닭 쫓듯이 몰아세운 그에게는 면목이 없다.

그도 처음부터 농사꾼은 아니었다. 인근 마을 농공단지에서 섬유공장을 운영하던 사장이었다. 20년 전 휘몰아친 IMF의 된서리를 그도 피해 가지 못했다. 잘 운영되던 사업이 부도나는 바람에 공장은 문을 닫고 졸지에 신용불량자가 되고 말았다. 몇 번이나 다시 일어서려고 발버둥 쳤으나 뜻을 이루지 못했다. 10년 전에 가족들과 생이별을 하고 이 마을로 흘러들었다. 처음 그가 마을에 와서 농사를 짓겠다고 했을 때, 동네 사람들은 어느 누구도 선뜻 나서서 도우려 하지 않았다. 농사라고는 지어본 일이 없는 사람이니 저러다가 그만둘 사람이라고 쑥덕거리기만 했다. 그런 그가 무시와 홀대를 참아가며 농사를 지어온 지가 벌써 십여 년이다. 그동안 몇 번이나 실패를 반복했으나 오뚝이처럼 다시 일어났다. 이제는 동네 사람들도 참 농사꾼으로 인정하고, 누구보다도 가까운 이웃으로 받아들인다. 볕에 거슬려 얼굴이 까무잡잡하고 몸집은 작지만 그 혼자서 참외 하우스 열 동을 거뜬히 관리해 내는 것을 보면 놀랍기만 하다.

거듭되는 실패에도 용기를 잃지 않고 다시 일어섰던 그에 비해 조금 힘들고, 아무도 인정해 주지 않는다는 핑계로 오랜 꿈을 포기하려 했던 내가 얼마나 나약해 보이고 한심했을까. 이런 나에게 경종을 울리고 싶었을 게다. 그에게 농사는 재기의 발판이었고 가족의 생명줄이었다. 코딱지만 한 텃밭 농사를 지으며 농사꾼의 흉내를 내고 있는 내게 치열한 농부의 결기를 드러내 보이고 싶었으리라. 돌아보면 그가 걸어온 길에는 굴곡이 많았다. 그 길을 묵묵히 걸어오면서 불평하거나 안달하지도 않았다. 돌부리에 걸려 넘어지면 툴툴 털고 일어섰고 바윗덩어리에 가로막히면 돌아갔다. 어려움을 겪을수록 그는 더욱 단단해졌다. 그에 비하면 교직에 몸담고 40년을 살아온 나의 길은 너무 평탄하지 않았는가. 낙엽이 켜켜이 쌓인 푹신한 산등성이의 완만한 외길을 여유롭게 누리며 걸어온 삶이다. 작은 위기와 약간의 고통에도 마음이 쉽게 흔들리는 지금의 내 모습은 그 외길에서 마주친 감추고 싶은 나의 그림자이다.

카랑카랑한 그의 목소리가 환청이 되어 또다시 귓전을 울린다. "농사꾼은 군인이 총을 메듯이 호미를 차고 댕기며 지심이 땅 심을 받기 전에 매야 하는 거여." 의욕을 상실하고 나태함에 빠진 내 등짝을 사정없이 내리치는 죽비 소리다. 화들짝 놀라 김매기를 시작했다. 장마 끝의 찰흙 땅이라 신발이 푹푹 빠진다. 풀뿌리는 또 얼마나 깊이 박혔는지 뽑기가 힘이 든다. 내 마음의 잡초도 이럴까? 일은 더디기만 하고 햇볕은 따갑다. 이마에 맺힌 땀이 자꾸만 안경에 흘러내려 시야를 가린다. 흐르는 땀도 식힐 겸 허리를 펴고 일어서서 하늘을 본다. 솜털 같은 구름이 둥둥 떠간다. 그 속에 그의 미소가 일렁인다. 포기하지 말라고 소리치는 것 같다. 서로 벗이 되어 남은 인생을 함께 가잔다. 나도 손에 들고 있던 호미를 하늘 높이 들어 보이며 크게 화답한다. 그렇게 하자고.

오후가 되어서야 텃밭의 제초 작업을 마친다. 아내가 내온 시원한 참외 주스를 마시며 말끔해진 텃밭을 바라보니 마음이 한결 가볍다. 수고했다는 그녀의 말에 가슴이 뿌듯해진다. 앞마당의 반송 두 그루가 작년에는 뿌리를 내리느라고 내내 몸살을 앓더니 올해는 제법 생기가 돈다. 지금

쯤 그의 참외 하우스 속에도 달콤한 참외향이 가득할 게
다. 참외가 노랗게 익어 갈 때마다 그의 꿈도 함께 익어 가
리라. 지난해 내내 귀에 걸려 괴롭히던 죽비소리도 흔적
없이 사라진다.

그를 만나면 텁텁한 막걸리라도 한잔 해야겠다.

내 꿈도 세월 따라

서쪽 하늘이 유난히 붉게 타오른다. 곱던 단풍은 모두 지고 가지만 앙상하다. 가는 세월을 멈출 수는 없나 보다. 올해도 12월 달력 한 장만 남았다. 아쉬운 마음에 젖어 석양에 물든 하늘을 바라본다. 내 마음속에는 바리톤 가수가 부르는 '세월'이란 노래가 잔잔하게 들려온다.

'꿈이 있니 물어 보면 나는 그만 하늘을 본다.' 흘러가는 세월 따라 내 꿈도 잊은 지 오래인데 이제 와서 꿈을 찾은들 무슨 소용 있겠는가. 계속 이어지는 노래에 귀를 기울인다.

'구름 하나 떠돌아가고, 세상 가득 바람만 불어, 돌아보면 아득한 먼 길, 꿈을 꾸던 어린 날들이, 연줄 타고 흔들려 오면, 내 눈가에 눈물이 고여.'

내게 은근히 중독성이 있는 이 노래는 들을 때마다 가슴이 찡하게 울린다. 세월 탓인가 보다.

지난 2월 말에 명예 퇴직한 여선생이 있었다. 대학 동문으로 6년 후배다. 대구가 객지인 나는 동문을 만나기는 참 어려운데 그녀를 만나서 무척 반가웠다. 그녀가 지난해 10월 어느 날 명퇴하겠다며 찾아왔다. 너무나 갑작스런 일이었다. 정년이 아직 많이 남았으니 다시 생각해 보는 것이 어떠냐고 만류했으나, 그녀의 생각은 요지부동이었다. 몇 년 전부터 준비해 왔다고 한다. 더 늦기 전에 젊어서 꿈꾸어 왔던 일을 꼭 해보고 싶다고 한다. 지금도 그때 더 적극적으로 말리지 못한 것을 후회하고 있지만, 그녀의 용기와 열정이 부럽기도 했다.

그녀를 위해 조촐하게 마련한 퇴임식 자리에서 '세월'이란 노래를 불렀다. 마음이 우울할 때 가끔 부르는 나의 애창곡이다. 노래는 2절로 이어졌다. '아아 나는 연을 날렸지. 저 하늘 높이 꿈을 키웠지. 이 세상 가득 이 세상 가득……' 노래가 점점 절정으로 치닫자, 그녀의 눈시울이 촉촉하게 젖어들기 시작했다. 비록 자신이 오래전부터 꿈꿔 왔던 일이지만, 막상 직장을 떠난다니 마음이 착잡했던 모양이다.

그 꿈이 무엇이기에 그녀의 마음을 흔들어 놓았을까? 속으로 반문하며, 유년시절 내 꿈을 찾으러 나도 시간여행을 떠난다. 아득하고 먼 기억의 바다, 그 깊은 곳에 켜켜이 쌓여 있는 조각들이 수면 위로 떠올랐다 가라앉는다. 마치 물그릇의 앙금이 위에서 휘저으면 솟아올랐다가 잔잔해지며 다시 가라앉는 것처럼.

손수 만든 명찰에 붓으로 예쁘게 이름을 써 주시던 아버지. 구구단을 못 외운다고 종아리 때리던 선생님. 좁은 골목길에서 숨바꼭질하고 놀던 죽마고우들. 한 장면 한 장면이 사라질 때마다 공기방울 한 개씩 수면 위로 올라갔다. 그때 문득, 하얀 두루마기에 중절모를 쓴 아버지와 군복을 입은 큰형님 사진이 클로즈업되었다. '아, 어린 시절 내 꿈은 장군이 되는 것이었지.' 아버지는 육사를 졸업하고 승

승장구하던 큰형님을 자랑스러워했다. 늘 큰형님을 닮으
라고 노래를 하셨다.

   그 후 아버지께서도 돌아가시고 가세는 기울기 시작했
다. 가족을 부양하느라 고생하시는 어머니를 위해서 빨리
취업을 해야 했다. 교육대학은 나에게 그런 기회를 주었
다. 그 길로 40년 가까운 세월이 지났다. 교사의 길이 내가
꿈꾸던 길은 아니었지만, 그렇게 한 길을 걸어온 삶을 결
코 후회하지는 않는다.

   꿈은 이룰 수 없기 때문에 꿈이라 하였던가? 누구에게나
꿈은 존재하나 그 꿈을 실현하기는 쉽지 않다는 뜻일 것이
다. 다만 그 꿈을 좇아 열심히 살다 보면 그 속에서 인생의
의미와 가치를 찾게 되고, 보람과 행복도 얻게 되지 않겠
는가. 명퇴한 후배 여교사도 늦게나마 꿈을 찾아 떠났지
만, 교직에 몸담고 있는 동안 얻었던 보람과 행복이 그녀
의 인생을 더욱 향기롭게 하리라.
   "아아 나는 연을 날렸지. 저 하늘 높이 꿈을 키웠지. 이
세상 가득 이 세상 가득 난 꿈이 있었어. 사랑도 생의 의미
도 꿈을 키운 생의 의미도 세월 따라 흔들려 오면 내 눈가

에 눈물이 고여"

노래의 마지막 구절이 끝나자 내 눈가에도 어느덧 눈물이 맺혔다. 지나간 세월의 길이는 사람마다 달라도 그 세월을 통해 느끼는 무게는 나이와 무관한 것일까?

맞은 편 테이블에 돌아앉은 젊은 여선생도 솟구치는 눈물을 참는 듯 큰 눈을 연신 껌벅이고 있었다.

모성母性

갑자기 집안에 전기가 나갔다. 굴속 같은 어둠으로 숨이 막힌다. 관리실에서 동네 변압기가 고장 난 탓이라고 방송했다. 더듬거려 양초 하나를 찾아 불을 붙인다. 빛이 반갑다.

촛불 속에서 어둠에 잠겼던 물체들이 희미하게나마 제 모습을 드러낸다. 형광등 불빛에서는 느끼지 못한 색다른 분위기가 집안을 감싼다. 전기가 들어오려면 한참은 걸려야 한다. 하던 일을 멈추고 소파에 몸을 기댔다. 부드럽고 푹신한 느낌이 좋다. 촛불이 빚어내는 은은한 빛이 몽환적이다. 작은 몸짓에도 쉽게 흔들리는 불꽃. 자칫 꺼질까 숨을 죽이고 바라본다.

　길고 날씬한 하얀 몸통. 그 속에 깊숙이 뿌리박은 심지. 불꽃은 그 심지 끝에서 나붓나붓 타오르며 어둠을 밝힌다. 초는 녹아서 액체로 변하고, 액체는 심지를 둘러싸고 고이다 작은 못을 이룬다. 촛불을 살리는 생명의 못. 그때다. 열린 창문으로 한 줄기 바람이 들어와 촛불을 흔들어 놓는다. 불꽃이 꺼질 듯 작아졌다가 다시 살아난다. 그 사이 불어난 촛농이 한쪽으로 흘러내린다.

　시간이 얼마나 지났을까? 초가 반 토막이 났다. 촛불도 맹렬하게 타오른다. 미처 타지 못한 검은 알갱이들은 공기 중으로 날아오른다. 초의 길이가 줄어든 것은 제 몸을 태워 불꽃을 살렸기 때문이다. 문득 그 속에 예사롭지 않은 의미가 있음을 깨닫는다. 마치 알에서 갓 깨어난 새끼들에게 자신의 몸을 먹이로 주는 거미와 같이 누구도 감히 흉내 낼 수 없는 모성 본능이 그것이다. 이 땅 위에 사는 모든 어미들의 본성이다.

지난해 가을, 프랑스 파리에서 있었던 IS 테러 사건은 생각만 해도 끔찍하다. 죄 없는 시민들이 무참하게 다치거나 죽임을 당했다는 소식은 온 세상을 놀라게 했다. 언론들은 이들의 잔인한 행위를 연일 규탄했고, 파리 시내는 애도하는 사람들의 물결로 넘쳐났다. 그 사고 현장에 있었던 젊은 어머니의 모습이 촛불속에서 오늘 아침 일처럼 생생하게 되살아난다.

그녀는 다섯 살짜리 아들을 둔 델플러스라는 이름의 어머니다. 테러 현장에서 엄마 델플러스와 그녀의 어머니는 다섯 살짜리 아들을 살리기 위해 앞뒤를 살필 여유가 없었다. 두 사람은 자신들의 몸으로 아들을 안고 엎드렸다. 결국 아들은 살렸지만 그들은 테러범들의 총탄을 맞고 이슬로 사라졌다. 흉악한 테러범들의 총구 앞에서 할 수 있었던 유일한 몸짓은 스스로를 희생시켜 아들을 지켜내는 원초적인 모성, 그것뿐이었다.

여성은 계산적이지만 모성은 맹목적이다. 여성은 약하고 아름답지만 모성은 강하고 위대하다. 아들과 손자를 살리고 장렬하게 산화한 델플러스와 그녀의 어머니는 누구보다 강하고 위대한 이 땅의 어머니였다.

촛불이 활활 기세 좋게 타오른다. 그 너머에서 자그마한 체구의 어머니가 미소를 짓고 계신다. "어머니!" 나도 모르게 소리 내어 불렀다. 그 바람에 촛불이 휘청한다. 어머니의 모습도 사라졌다. 꿈이었다. 깜박 잠이 들었던 모양이다.

어머니는 마흔 중반에 혼자가 되셨다. 장성한 큰형이 있었지만, 그는 혼자 벌어서 대학에 다니는 것만으로도 버거웠을 것이다. 당시 어머니가 느끼셨을 좌절감을 어찌 말로 다 표현할 수 있으랴. 당신만 바라보는 자식들이 넷이나 되었으니 좌절감을 느끼는 자체가 사치였으리라. 어머니는 삯바느질부터 밭일, 논일 가리지 않고 품삯이 되는 일이라면 억척스럽게 하셨다. 그러다가 이웃이 권해서 장사를 시작하였다. 방물장수처럼 집집마다 다니면서 옷칠을 파는 일이었다. 한 번 장삿길을 나서면 열흘이나 보름 만에야 집으로 돌아오셨다. 고생스럽기는 별반 달라진 게 없었지만 어머니는 그 일로 우릴 오랫동안 부양하셨다. 어머니가 아니었으면 어찌 지금의 내가 존재할 수 있었겠는가.

어머니가 그립다.

 방안이 환해진다. 전기 수리가 끝난 모양이다. 촛불이 빚어낸 분위기에 익숙한 탓인지 눈이 부시다. 촛불은 그대로 두고 스위치를 내려 전깃불을 껐다. 델플러스와 어머니의 미소 짓는 얼굴이 나란히 불꽃 위로 타오른다. 눈시울이 뜨거워진다. 흐릿한 촛불 아래에서는 눈물 흔적이 드러나지 않아서 좋다. 생전에 어머니께서 자주 해 주시던 깍두기 김치와 꼬막무침이 먹고 싶다.

 촛불이 마지막 남은 몸통까지 태우고 사그라든다. 아내로부터 전화가 왔다. 내일 대구로 온다고 했다. 그녀는 요즘 서울의 한 대학병원에서 힘든 전문의 과정을 밟고 있는 딸 때문에 몸이 열 개라도 모자란다. 서툰 솜씨지만 그녀가 좋아하는 김치찌개라도 끓여놓고 기다려야겠다.

오늘이 마지막인 것처럼

"따르릉, 따르릉, 따르릉"

알람 소리에 눈을 떴다. 또 새로운 '오늘'이 시작된다. 어제 저녁에는 동창들과 모여서 노느라고 귀가가 늦었다. 몸이 물먹은 솜 같다. 미적거리다가 할 일이 생각나서 급하게 출근을 했다.

어제 일을 마무리 했으면 오늘은 한결 여유로웠을 것인데, 혼자 되뇌다 어제 저녁 동창이 한 말을 떠올린다.

'모기와 하루살이가 만나서 싸움이 붙었다. 하루살이가 억척같이 대들자, 힘이 빠진 모기가 내일 다시 싸우자고

제안했다. 하루살이는 그 말을 이해하지 못했다. "내일이
라니, 그게 뭐냐?' 모기는 "내일도 모르는 너를 상대로 싸
우는 내가 어리석지."하고 비웃으며 자리를 떴다. 내일을
이해하지 못했던 하루살이는 그걸 생각하느라고 아까운
생(生)을 마감하고 말았다.'

  비록 우스갯소리지만 행간에서 무시할 수 없는 의미가
읽혀진다.

  하루살이*는 생존기간이 하루 내지 2~3일 정도로 짧다
고 해서 붙여진 이름이다. 하루살이에게는 '오늘 하루' 24
시간이 일생인 셈이다. 한 번도 오늘이 아닌 다른 날을 살
아 본 경험이 없으니 내일을 모르는 것은 당연한 일이다.
유머 속의 하루살이는 고집스럽게 내일을 생각하다가 주
어진 삶을 다해버린다. 사람도 하루살이 같은 경우가 있
다. 너무 외골수로 한 가지 일에 집중하는 경향이 있거나,
자신의 능력에 과분한 일을 욕심내다가 망신당하는 경우
가 좋은 예다. 신이 부여한 본래의 운명대로 살다 가는 것

---

* 하루살이는 연약한 몸, 삼각형에 가까운 2쌍의 날개, 그물맥으로 발달된 시맥, 2~3개
  의 긴 꼬리를 가지고 있다. 먹이를 먹지 않으며, 매우 짧은 기간 동안 생존한다.(하루
  내지 2~3일)

만도 우리는 버겁다.

'오늘'에 대해 좀 더 생각해 보자. 오늘은 엄밀히 계산하면 새벽 영 시에서 다음 날 새벽 영 시까지다. 지구가 한 바퀴 자전해서 출발지점까지 돌아오는 데 걸리는 시간이다. 살아있는 모든 것은 삶의 리듬을 이 우주의 시간에 맞춘다. '어제'는 이미 지나간 오늘이고, '내일'은 다가올 오늘이다. 우리의 삶은 오늘의 연속이다. 누구나 정해진 수명에 따라 각자 하늘이 준 시간만큼 오늘을 반복하며 살다간다. 물론 내일 맞이하는 오늘은 다른 모습이겠지만.

만일 살 수 있는 날이 오늘 하루뿐이라면 어찌 할까? 살 날이 하늘에 떠 있는 별처럼 많을 때는 어제 미루었던 일부터 먼저 하는 것이 순서일 것이다. 그러나 오늘 하루뿐이라면 문제는 다르다. 하루 24시간으로 할 수 있는 일은 한계가 있을 터이다. 먼저 하루 만에 해낼 수 있는지, 꼭 해야 할 만큼 가치가 있는지 엄격한 기준을 세워서 검증을 해야 한다. 아직 이루지 못한 세계일주 여행이라는 어린 시절의 꿈은 그 검증을 통과할 수 있을까? 수영장이 있는 아름다운 저택에서 손자 손녀의 재롱을 보며 여생을 보내는 꿈은? 친구들과 유럽여행을 하겠다고 몇 년 전부터 돈을 모아왔는데 그것은 어떨까? 포기했던 박사과정을 다시 도전해 보겠다는 꿈은?

헬렌 켈러는 많은 장애를 가졌음에도 실망하지 않고 누구보다 훌륭한 삶을 살았다. 그녀가 죽기 전에 3일 동안만 눈을 뜨고 볼 수 있다면, 꼭 하고 싶은 3가지 소망을 말한 적이 있다.

첫째는 자신을 가르치고 이끌어 준 설리번 선생의 얼굴을 보는 것이었고, 둘째는 친구의 모습과 웃음, 잎사귀와 예쁜 꽃과 풀, 석양에 빛나는 노을이었으며, 셋째는 새벽의 먼동이 트는 장면, 박물관, 미술관 그리고 보석 같은 밤하늘의 별을 보는 것이었다. 하루가 더 주어진다면 출근하는 사람들의 얼굴 표정을 보고, 아침에는 오페라 하우스, 오후에는 영화를 감상하겠다고 했다. 정상인이라면 누구나 쉽게 누리고 겪었을 지극히 평범한 일이 그녀에게는 죽기 전의 소망이었다.

헬렌 켈러의 소망은 많은 것을 생각하게 한다. 그녀가 원했던 것은 화려한 것이 아니라 평범한 생활 속에서 누구나 쉽게 누릴 수 있는 작은 것이다. 내가 오늘 꼭 하루만 살아야 할 운명이라면 그녀의 세 가지 소망 중에서 그 실마리를 찾아야 하지 않을까? 그렇다면, 우선 시간이 많이 걸리는 것은 걸러내는 것이 좋겠다. 감당할 수 없을 만큼 비용이 드는 것도, 거리가 멀어 하루 만에 닿을 수 없는 곳도 대상에서 제외시키자. 결이 촘촘한 체를 사용해서 가장 작고 나에게 소중한 것만을 가리고 가려내리라. 그것은 사랑하는 내 가족과 차를 마시며 이야기를 나누고, 추억을 남기기 위한 사진을 한 장 찍거나 편지를 쓰는 일이 되지 않을까?

성현들은 오늘이 마지막인 것처럼 살라고 했다. 세월은 나를 기다려주지 않는다. 연못가 봄풀의 꿈이 깨지도 않았는데 섬돌 앞에는 어느새 오동잎이 진다고 시인은 노래하지 않았는가. 잠깐 왔다가는 세상이다. 넋 놓고 지나쳐 버린다면 얼마나 애석하랴. 너무 큰 꿈에 매달려 인생을 낭비하지 말고 작은 것에 행복을 느끼며 지금 이 시간을 살자.

내일이 있다는 것이 얼마나 다행인지 모르겠다. 내일은

산소와 같다. 숨 쉴 여유를 준다. 오늘이 마지막인 것처럼 살더라도 내일이 있어서 새로운 시작과 희망을 바라볼 수 있다. 오늘 소진된 에너지를 충전해서 내일은 더 열심히 달려야겠다.

비빔밥은 화합의 대가 人家

아내가 오늘 아침은 비빔밥이라고 한다. 김치와 멸치, 깨, 참기름 등 서너 가지 재료를 잡곡밥과 섞어서 비빈 것이다. 주먹밥처럼 한 입에 먹기 좋을 크기로 뭉쳐서 김에 싸 먹으면 아침 식사로는 그만이다.

우리는 자주 밥을 비벼서 먹는다. 재료는 그때그때 냉장고에 어떤 찬거리가 있는가에 따라 달라진다. 아무 반찬이라도 넣어서 비비면 되므로 음식을 차려내는 성가심이 없어서 좋고, 버릴 것이 없어서 더욱 좋다. 또한, 커다란 양푼에 비벼서 숟가락 두 개만 있으면 불편 없이 배부르게 먹을 수 있고 먹고 나서 설거지 할 일이 줄어서 좋다. 양푼에 담긴 밥을 먹기 시작할 때는 가운데 선을 그어 상대의 숟가락이 경계선을 넘어오지 못하게 신경전을 벌이다가도 마지막 한 숟가락은 꼭 서로에게 양보하는 배려도 비빔밥을 통해서 배운다.

이태 전 TV를 통해 파리 한복판인 레알 지구의 성당 앞 광장에서 초대형 비빔밥 시식 행사를 하는 걸 본 적이 있다. 한국문화원 30주년 기념행사였다. 행사의 주최자인 문화원에서는 약 500여 명을 먹일 수 있는 비빔밥을 준비했다. 그곳은 파리 시민과 성당을 방문하러 온 세계의 여행객들이 어우러져 흥겨운 축제의 장 같았다.

성당 앞 광장에 지름이 2m도 넘는 둥근 그릇이 놓여 있었다. 대형 가마솥 다섯 개를 합친 것 같았다. 500여 명에게 나누어 주려면 그 정도는 되어야 할 것이다. 그릇 속에는 하얀 쌀밥과 노랑, 빨강, 파랑, 검정, 하양 등, 다양한 색깔의 채소들이 보기 좋게 채 썰어져 장식되어 있었다. 아름답기도 했지만 양이 어마어마했다. 식이 끝나자 초청된 인사들은 어른 키만 한 나무 주걱을 들고 그릇 주위에 둘러서서 비비기 시작했다. 파리 시장, 한국 대사, 신부, 각계각층의 남녀들이었다. 그들이 밥을 비비는 행위 자체가 화합을 의미했다. 그 모습이 신기했던지 사람들이 모여들었다. 고추장, 참기름, 참깨 등 양념들도 10L들이로 각각 한두 통은 들어갔으리라. 맵고 고소한 맛이 보고 있는 내게도 전해지는 것 같았다. 고추장이 매웠을 텐데, 군중들은 비빔밥을 나눠 먹으며 즐거워했다. 한 그릇의 비빔밥이 세계인을 하나로 연결하는 감동적인 장면이었다.

비빔밥은 말 그대로 밥과 여러 가지 나물을 섞어서 먹는 우리의 고유한 음식문화이다. 지역에 따라서 밥에 넣는 재료가 다르지만, 대개 기본은 콩나물, 당근, 미나리, 우엉, 무, 고사리 등이다. 간장, 고추장, 참기름, 참깨, 된장국, 등을 넣어서 비빈다. 사용하는 주재료에 따라, 콩나물이 주재료이면 콩나물밥, 곤드레나물이면 곤드레밥, 무면 무밥이다. 여기에 양념간장을 넣어서 비비면 밥도둑이 따로 없다. 돌솥에 갖은 나물과 양념을 넣어 비빈 돌솥비빔밥은 돌솥의 열기로 살짝 누른 밥이 고소한 맛을 내므로 누구나 좋아한다.

비빔밥은 요리하는데 힘이 들지 않는다. 재료도 특별히 가리는 것이 없다. 넙적한 양푼에 밥을 넣고, 집에 있는 갖가지 반찬들을 넣어서 비비면 그것으로 그만이다. 밥과 재료가 골고루 섞이게 하는 것이 중요하다. 비빔밥에는 흰 쌀밥이 잘 어울리지만 그것만을 고집하지는 않는다. 보리밥에 열무김치를 넣어서 쓱쓱 비비면 시원한 여름 식사로는 그보다 좋은 것은 없으리라. 밥과 반찬을 일일이 따로 먹지 않아도 되고, 반찬에 특별히 신경 쓰지 않아도 되므로 격식을 차려야 할 자리가 아니라면 누구나 쉽게 먹을 수 있어서 좋다.

비빔밥은 각각 개성과 맛이 다른 재료들이 섞여서 종합적인 맛을 낸다. 마치 각각의 악기가 저마다 다른 음색을 내지만 전체가 어울리면 화음을 이루며 듣기 좋은 소리가 되는 것과 같다. 콩나물은 아삭아삭 씹히는 맛이 좋고, 당근은 아삭아삭 할뿐 아니라 달콤한 맛이 있다. 무의 시원하고 알싸한 맛, 고소한 참기름, 맵고 달콤한 고추장 등, 넣는 재료마다 고유한 맛과 식감이 살아 있다. 그래서 입에 넣으면 맵고, 짜고, 달콤하고, 시고, 쓰고, 고소함이 어울려 환상적인 조합을 만들어 낸다.

사람은 사회적인 동물이다. 사람은 관계 속에 있을 때 비로소 의미 있는 존재가 된다. 관계는 개인의 의사와 무관하게 맺어지는 것도 있고 필요에 따라 선택하는 것도 있다. 어떤 경우에도 개인과 개인이 화합하고 소통하려는 노력이 없으면 관계를 유지하기 어렵다. 자신의 주관을 너무 강하게 드러내거나 고집스러운 것은 오히려 걸림돌이 될 수 있다. 그렇다고 몰개성하면 존재감 자체가 사라질 수 있으니 이 또한 도움이 되지 못한다.

비빔밥은 각각의 재료들이 독특한 개성을 지니지만 혼자 우뚝 드러나지 않도록 다독이는 법을 안다. 서로 잘 섞여서 하나의 맛을 내면서도 재료마다의 부드럽고 질기고 아삭거리는 식감과 맵고 달콤하고 짜고 신맛이 생생하게 살아있다. 비빔밥은 소통과 화합의 대가(大家)다. 우리의 삶을 비빔밥처럼 하면 어떨까.

어린 뽕나무 한 그루

오월 초순의 이른 아침이다. 밤새 내린 이슬에서 서늘함이 느껴진다. 아직 텃밭이 축축하지만 해 뜨기 전에 제초 작업을 마치려고 호미를 들었다.

텃밭에는 풀인지 나무인지 구분할 수 없을 정도로 몇 포기 남지 않는 '금송' 이 잡초와 뒤엉켜 있다. '비단 금(錦)' 자에 '소나무 송(松)' 자를 써서 금송(錦松)이라 부른다. 소나무와는 달리 메타세쿼이아와 같은 낙우송(落羽松)에 해당한다. 잎은 바늘처럼 가늘고 짙은 녹색을 띠며 반지르르하게 윤기가 난다. 더디게 자라는 것이 흠이다. 특별히 손

질해 주지 않아도 수형이 아름답다. 고급 수종이라 잘 키우면 노후에 용돈벌이는 되리라던 지인의 말에 솔깃해서 재작년 3월에 2년생 묘목 백여 그루를 사다가 심었다. 초보라 농사일이 손에 익지는 않았지만 나름대로 풀도 뽑고 거름도 주는 등 정성을 다했다. 금송도 보답이라도 하듯 잘 자라주었다. 반들반들 윤기를 내며 자라는 금송을 보면 즐겁기만 했다. 그런데 작년 가을부터 웬일인지 한 포기 두 포기 말라 죽더니 올해는 십여 그루만 남았다.

원인은 여러 가지일 것이다. 그중 그늘막 탓이 가장 컸을 것 같다. 바람에 찢겨서 보기에도 흉하고 높이가 낮아서 밭 관리할 때 여간 불편하지 않았다. 묘목을 이식한 지도 두 해가 지났으니, 햇볕을 받으면 더 빨리 자랄 것으로 생각했다. 그러나 그늘막을 철거한 이후, 묘목 잎의 끝이 노랗게 마르더니 한 그루 두 그루 고사하기 시작했다. 강한 햇볕에 노출되거나 거름을 많이 주면 오히려 나무에 해가 된다는 사실을 간과했던 것이다. 식물은 이식해서 뿌리가 내리기까지 긴 시간이 걸린다. 특히 목본류(木本類)는 그 기간이 길어서 세심한 관리가 필요하다. 어설픈 농사꾼이 금송의 생리를 파악하지 못하고 너무 일찍 서두르는 바람에 실패의 쓴맛을 보았다.

 잡초만 무성하게 자란 금송 밭을 보니 더 이상 의욕이 생기지 않았다. 들고 있던 호미를 텃밭에 던져두고 서재로 올라가 신문을 펼쳐든다. 1면을 대강 훑고 사회면으로 시선을 돌리니 '우리나라 청소년 자살률이 OECD 국가 중 1위, 행복지수 꼴찌' 라는 커다란 머리기사가 눈에 들어온다.

 어린 시절 동네 누나의 자살 소동이 뇌리를 스쳐간다. 결혼까지 약속했던 청년이 변심해서 고향을 떠나는 바람에 잿물을 마신 것이다. 어른들이 달려들어 살려보려고 애썼지만 소용이 없었다. 당시는 이런 일로 가끔 자살 소동이 있었으나 어린 학생이 자살했다는 소리를 들은 적은 없었다. 집집마다 식구들이 보통은 대여섯 명에서부터 많게는 열 명이 넘는 집도 있었다. 먹을 게 충분할 리가 없었다. 굶기를 밥 먹듯 하며 잡초처럼 자랐음에도 끈질긴 생명력으로 어려움을 이겨냈다. 어른이 되어서는 각자 제몫을 다하며 하늘이 정해준 생명을 훌륭하게 지켰다. 요즘 아이들은 부모들의 관심과 정성 속에 자라면서도 작은 일을 참지 못한다. 온실의 좋은 토양과 환경에서 자란 금송이 노지에서 따가운 햇볕에 노출되자 그 스트레스를 이겨내지 못하고 시들어 죽는 것과 무엇이 다르랴.

작년 여름. 동네 아낙네들을 불러 제초작업을 할 때였다. 뒤뜰 축대 밑에서 어른 손 한 뼘 정도 되는 어린 나무 한 그루가 눈에 띄었다. 처음에는 잡초들과 뒤엉켜 있어서 뽑아 버릴까 했으나 자세히 들여다보니 뽕나무였다. 그 모습이 앙증맞고 귀여웠다. 인근에는 야생 뽕나무가 많이 자생하고 있었다. 아마 열매인 오디를 따 먹은 새가 여기다가 똥을 싸 놓고 지나간 모양이다. 줄기를 잡고 당겨 봤다. 버티는 힘이 제법 셌다. 뿌리가 여러 가닥 사방으로 뻗어 돌을 단단히 감싸고 있다. 돌 틈 사이에 움푹 들어간 곳이다. 아무리 봐도 나무가 자랄만한 조건이 못되었다. 그런 곳에서 어린 나무가 뿌리를 내린 것은 기적에 가깝다는 생각을 했다.

그해 겨울에는 이식했던 소나무가 시들시들해서 속이 상했다. 수령은 십오륙 년이 넘었다. 줄기가 웬만한 어른 종아리만 했다. 이식할 때 뿌리가 상하지 않도록 흙도 넉

넉하게 붙여서 분을 떴고 물도 충분히 주었다. 바람에 뿌리가 흔들리지 않도록 지주목을 세워주기도 했다. 그런데도 살아나지 못하고 꼭대기부터 서서히 말라가고 있다. 공들여 이식한 소나무와 금송 묘목은 뿌리 내리기가 이리 힘드는데, 스스로 싹을 틔운 어린 뽕나무는 척박한 환경에서도 잘도 살아가고 있다.

어린 뽕나무를 조심스레 쓰다듬어 주었다. 참으로 끈질긴 생명력이다.

빨강 신호등

지난가을 오후였다. 인근 학교를 방문한 사이, 교감선생님으로부터 전화가 왔다. 통학 구 내 횡단보도에서 5학년 여학생 한 명이 교통사고를 당했다고 했다. 청천벽력이었다. 그렇게 노심초사하며 조심시켰는데 기어이 올 것이 온 것인가?

며칠 전에 시내의 한 초등학교 옆 횡단보도에서 달려오는 차에 치여 학생이 사망했다는 소식을 들었던 터였다. 교통안전 지도를 철저하게 하라고 담임교사들에게도 얼마나 당부했던가. 잠시 정신을 수습하고 나서 사고 난 학생의 상태가 어떤지? 목격자는 확보했는지? 부모에게는 알렸는지? 응급조치는 했는지? 다급하게 몇 가지를 확인하고 병원으로 달려갔다.

학생은 하교를 했다가 친구와의 약속 때문에 다시 학교로 가려던 중이었다고 했다. 사고 현장을 목격한 학생의 말로는 녹색 신호가 들어 온 것을 보고 건너는데 갑자기 트럭이 달려들었다고 했다. 운전기사가 신호를 보고 브레이크를 밟았지만 달려온 속도가 있어서 멈추지 못했던 것이다. 다행이었다. 학생은 찰과상을 입었을 뿐 무사했다. 바로 직전에 차가 멈췄기에 큰 사고로 이어지지는 않았다. 기사도 매우 놀랐으리라. 연락을 받고 달려온 학생 부모의 표정도 밝았다. 안도의 한숨을 쉬며 병원 문을 나섰다.

돌아오는 길에 많은 교차로와 횡단보도를 지나쳤다. 사람과 차가 다니는 도로 위에는 교통 안내 및 도로 표지선이 그려져 있었다. 요소마다 설치된 신호등은 빨강, 노랑, 초록 불빛이 일정한 간격으로 켜졌다 꺼지며 사람과 차에 신호를 보냈다. 빨강 신호에는 멈추고, 녹색 신호에는 전진하고, 황색 신호에는 잠시 대기하라는 약속이다. 빨강 신호가 와서 정지선에 잠시 정차해 있는 동안 신호등 색깔에 따라 차와 사람이 움직이는 모습을 지켜보았다. 감시하는 사람도 없는데 정해진 약속에 따라 일사분란하게 움직였다. 세상을 움직이는 보이지 않는 힘을 보는 듯 했다.

몇 년 전 중국 수도인 북경을 다녀왔었다. 중국 여행은 처음이었다. 호기심으로 가슴 설레며 공항에 내렸다. 북경 거리의 모습은 기대 이상이었다. 시민들의 표정도 밝았고 도로는 사람과 자동차로 넘쳐났다. 길가에 늘어선 건물의 위용도 대단했다. 올림픽을 치른 뒤여서인지 시내는 잘 정비되어 있었다. 당시만 해도 중국은 세계의 공장이고 자원의 블랙홀이라 했다. 지금은 중국 경제가 어렵다고 하지만, 그 잠재력이 어디로 가겠는가. 내로라하는 경제인들이 중국으로 모여들고 있고 중국에는 새로운 재벌들이 우후죽순처럼 생겨난다. 사람들은 머지않아 세계 제일의 경제 대국이 될 것이라고 공공연히 말하고 있었다.

외형적인 발전에 비해 중국인들의 문화와 생활수준은 크게 변한 것이 없었다. 무법천지 같은 교통 상황이 좋은 예였다. 횡단보도에 녹색 신호가 켜졌는데도 차가 멈추지 않고 그대로 달렸다. 사람들은 곡예를 하듯 차와 차 사이를 피하며 건너야 했다. 신호등은 있으나 마나였다. 겉만 번드르르하게 바뀌면 무엇 하는가. 교통질서 같은 작은 약속도 잘 지키지 못하는 나라의 미래가 어찌 밝을 수 있겠는가. 중국의 미래에 빨강 신호등이 켜진 셈이리라.

우리는 몸에 문제가 생겼을 때 빨강 신호등이 켜졌다고 말하는 경우가 많다. 이따금 어제 저녁까지 건강했던 사람인데 오늘 사망했다는 소릴 듣는다. 그럴 경우 우리는 '갑자기'라고 하지만, 대개 몸에서는 이미 오래 전부터 빨강 신호등이 켜졌을 경우가 많다. 다만 본인이 그것을 느끼지 못했거나, 무시했을 가능성이 많은 것이다. 갑자기 혈압이 높아졌거나, 호흡이 곤란하다거나. 혈당이 올라갔을 때는 우리 몸에 이상이 있음을 알리는 빨강 신호등이 켜졌음을 알고 즉시 병원으로 가야 한다.

빨강 신호등은 회사를 경영하는 사람에게도, 자녀를 기르는 부모에게도, 나라를 통치하는 통치자에게도 켜질 수가 있다. 빨강 신호등이 켜졌을 때는 정밀하게 진단하고 조심하면 치료 가능한 경우가 많다. 그 신호를 무시해서 결국은 돌이키지 못하는 상황에 다다르게 되어 후회할 일이 생기는 것이다. 우리의 인생길에서도 수많은 횡단보도와 교차로를 만날 수 있다. 그럴 때, 빨강 신호등이 켜졌다고 느껴지면 잠시 멈춰서 살아온 길을 돌아보며 녹색 신호가 켜질 때를 기다려야 한다.

이제 내 인생길의 교차로에 빨강 신호등이 켜졌으므로 잠깐 지난 세월을 돌아볼 시간을 갖는다. 어느새 머리는 허옇게 변해버리고 눈도 가물가물하다. 오래 앉았으면 등이 결리고 무릎이 아파온다. 책을 보아도 페이지를 넘기면 뭘 읽었는지 기억하지 못할 때가 많다. 그렇다고 멈출 수는 없다. 신호등 불빛이 초록색으로 바뀌어 달려갈 그 길은 내 인생의 2막이 될 것이다. 그 길이 어디로 향하는지 알 수 없으나 때가 되면 차분히 맞이하고 달려가리라.

낮에는 이름 모를 산새들에게 마당을 내 주었고,
밤에는 풀벌레와 개구리들의 하소연을 들어주느라
외로울 새가 없었다.

4부
도시로의 회귀

막힌 곳을 뚫어야

경락 마사지 받으러 가는 날이다. 도보로 삼십여 분 남짓 되는 곳에 마사지 숍이 있다. 걸어가기엔 멀지만 오늘도 나는 운동화 끈을 바짝 조여 맨다. 걷다보면 답답한 가슴이 조금이나마 열리고 우울한 기분이 사라진다.

달포 전 일이다. 연수회에서 만난 동료가 내 얼굴이 매우 창백하다며 어디 아프냐고 물었다. 별 의미 없이 생각하고 흘려버릴 수도 있었지만 그날은 무척 신경이 쓰였다. 그가 신중한 성격이고 빈말을 할 사람이 아니기에 가볍게 듣고 넘길 수가 없었다. 그러잖아도 요즘 명치끝이 답답하고 우울하며 입맛이 없고 속이 더부룩하던 차였다. 병원에 가보았지만 의사는 뚜렷한 병명도 없이 소화제만 처방했다.

아내의 권유로 경락 마사지를 받아보기로 했다. 아내가 전부터 마사지를 받고 있는 곳으로 효험을 보았다는 것이다. 오십대로 보이는 여성 마사지사는 첫날부터 웃옷을 벗고 엎드리게 하더니, 등에 올라서서 발로 여기저기를 지그시 눌렀다. 마사지사의 발길이 닿는 곳마다 신경이 곤두서고 근육이 아프다고 비명을 질렀다. 특히 등과 어깨부위는 어금니를 깨물어야 했다. 얼굴이 창백하고 가슴이 답답한 것은 경락이 막혀서 순환이 안 되기 때문이란다. 경락치료를 계속 받으면 아픈 것도 가라앉고 오히려 시원해질 거라고 했다. 건강해지려면 이 정도쯤은 감내하는 것이 당연하리라.

숍에는 먼저 온 손님이 마사지를 받고 있다. 반쯤 열려 있는 문 밖으로 신음소리가 연신 흘러나온다. 그도 어지간히 힘이 드는 모양이다. 그의 고통이 고스란히 내게 전해진다. 긴장을 풀려고 TV를 켰다. 마침 뉴스 프로그램을 진행하고 있었다. 화면 속 광장에는 이마에 머리띠 두르고 피켓 든 사람들이 구름처럼 모였다. 맨 앞줄 가로로 길게 현수막을 펼치고 가면을 쓴 청년들이 무언의 시위를 했다. 일자리를 달라는 외침은 피켓과 현수막이 대신했다. 그들의 침묵은 강력한 울림이 되어 내 가슴을 후려쳤다. '아, 이것이었구나!' 지금까지 내 가슴이 답답했던 이유가.

그들의 외침은 바로 내 가족의 아픔이기도 했다. 지난 몇 년간 아들은 취업을 위해 갖은 노력을 다했다. 번번이 실패했고 쓴잔을 마실 때마다 스트레스로 바짝바짝 말라 갔다. 그는 세상을 향해 열심히 손을 내밀었으나 되돌아오는 것은 공허한 메아리뿐이었다. 겉으로는 웃었지만 답답한 마음이 오죽했을까? 아들을 생각하면 내 가슴도 함께 무너진다.

몇 년 전만 해도 조선업은 나라의 간판 산업답게 기세가 등등했다. 세계 1위라는 우리 조선업은 적어도 100년은 아성을 지킬 것으로 믿었다. 아들이 조선공학과를 선택하겠다고 했을 때 망설임 없이 그러라고 했다. 그가 대학을 졸업하고 국방의 의무를 수행하는 동안 상황이 반전했다. 조선 경기는 불황으로 쪼그라들고 취업의 문은 닫혀버렸다.

경제전문가들은 우리나라 현재 상황이 일본의 20년 불황 초기 모습을 닮았다고 한다. 최근에 만난 중소기업 사장도 희망이 보이지 않는다고 한숨만 늘어놓았다.

TV 화면은 얼굴만 봐도 금방 알만한 여야의 대표 선량(選良)들이 긴 테이블에 나란히 앉은 모습으로 바뀐다. 아나운서는 주요 법안을 통과시키기 위한 마지막 협의가 진행 중이라고 했다. 표정이 냉랭한 것으로 보아 합의는 순탄치 않은 모양이다. 나라의 백년대계와 국민의 살림살이보다는 당리당략이 먼저다 보니 한 치의 양보도 없다. 한 발 뒤로 물러서서 역지사지로 머리를 맞대면 그리 어려운 일도 아닐 것이다. 경제상황은 게걸음을 걷다 못해 뒷걸음치고, 청년들은 할 일 없이 젊음을 소모하고, 희망이 보이지 않는다고 한숨짓는 기업인이 늘고 있다. 그런데도 강 건너 불구경 하듯 할 것인가. 명치끝이 무거운 돌에 눌린 듯 답답하다. 꽉 막힌 정치가 내 몸을 닮아 시원하게 뚫릴 줄을 모른다.

아들은 성공에 대한 결의가 강하다. 아무리 냉엄한 취업의 문이라도 포기하지 않으면 반드시 열릴 것이다. 그날이

올 때까지 아들은 꿋꿋한 마음으로 도전하고 또 도전할 것이다. 아들의 도전이 성공하는 그날, 마사지 도움이 없더라도 꽉 막힌 내 가슴은 시원하게 뚫어지리라.

은행나무

    출근할 때는 주로 지하철 2호선을 이용한다. 강창역에서 내려 3번 출구로 나오면 한 줄로 늘어선 은행나무와 마주친다. 그중 한 그루는 유난히 굵어서 다른 것의 두 배는 됨 직하다. 그 모습이 듬직해서 앞에 다가서면 마음이 안정되고 기대고 싶어진다.

    크고 당당한 은행나무를 보면 큰형님이 생각난다. 아버지를 일찍 여읜 나에게 형님은 아버지와 같은 존재였다. 형님은 나에게 인생의 롤 모델이기도 했다. 늘 자랑스럽고 믿음직했다. 별로 내세울 게 없었던 내가 친구들에게

큰소리 칠 수 있었던 것도 형님 때문이었다. 그것은 우리 가족 모두에게도 마찬가지였지만 형님에게는 부담스럽기만 했으리라.

간밤에 비가 내렸다. 가을비 치고는 꽤 많은 양이다. 도로에는 떨어진 은행잎이 수북이 쌓여 마치 노란 물감을 뿌려 놓은 듯했다. 낙엽을 밟는 느낌이 푹신하고 부드럽다. 가을이 되면 나무는 잎자루와 가지 사이에 떨켜를 준비한다. 떨켜는 잎으로 가는 수분을 차단하는 장치다. 때가 되면 나무는 이것으로 잎을 털어내고 앙상한 가지에 겨울눈만 남긴 채 동면(冬眠)에 들어간다. 계절이 바뀌면서 수분 조절이 필요한 나무가 스스로를 보호하기 위해 터득한 지혜이리라. 형님도 떨켜를 마련해 놓고 있었다. 그에게는 우리가 분리하고 싶은 은행잎이었다.

사람도 나이 들면 자식들을 출가시켜 보내고 복잡한 사회생활을 정리하며 조용한 노년을 보낼 준비를 한다. 요즘 큰형님도 나이가 들어서인지 걸음걸이와 말소리조차 젊은 시절처럼 힘차지 못하다. 자식들은 모두 외국에 보내고 형수와 둘이서만 큰집을 지키고 있다. 외로워 보인다. 노년

에는 자식들의 보살핌을 받고 손자들의 재롱도 보며 살아
야 하는 것을 그러지 못하니 안쓰럽기만 하다. 그런 형님
이 나에게 딱 한 번 가족이었던 날이 있었다. 지금도 그날
을 잊을 수가 없다.

중학교에 입학하고 한 주일이 지났을 때다. 어머니께서
장사를 나가신 지 보름이 훨씬 넘었다. 그 무렵 어머니는
옷을 파는 일을 하셨다. 주로 남해와 거제도의 어촌으로
다니셨다. 어린 자식들 때문에 열흘에서 보름 안에 팔 수
있는 양만 가지고 다녔다. 어머니는 새끼를 기르는 어미
새와 같았다. 어미 새는 주둥이를 벌리고 짹짹거리는 새
끼들에게 먹이를 주려고 수없이 둥지를 들락거린다. 어머
니가 그와 같았다. 당시만 해도 어촌 마을의 인심이 후했
던지 동네 사람들이 많은 도움을 주셨다. 훗날 어머니는
그분들을 회고하시며 찾아뵙고 인사하지 못한 것을 미안
해 하셨다.

중학교 입학식 날에 맞춰 오시겠다던 어머니께서는 보
름이 지나도록 안 오셨다. 입학식이 내일인데 입고 갈 교
복이 없었다. 다행히 모자는 이웃집 형에게 빌리고, 윗옷

은 입고 있던 검정색 상의로 대신할 수 있었다. 문제는 바지였다. 바지라고는 큰형님이 보내 준 쫄바지 뿐이었다. 그나마 색깔이라도 검은 색이었으면 좋았을 터인데 남색이었다. 입학식 날, 친구들은 모두 산뜻한 새 교복을 차려입고 하나둘씩 운동장으로 모여 들었다. 쫄바지를 입고 온 사람은 나뿐이었다. 쥐구멍이라도 있으면 들어가고 싶었다. 힐끔힐끔 쳐다보는 시선들이 꼭 바지만 보는 것 같았다.

월요일은 교문에서 선도부 학생들이 복장검사를 하는 날이다. 쫄바지를 입고 가다 복장위반으로 붙잡혀서 벌설 걸 생각하니 가슴이 오그라들었다. 쫄바지 만이라도 바꿔 입자고 친구에게 사정했지만 매몰차게 거절당했다. 집에는 두 살 아래 동생과 나, 단 둘뿐이었다. 방법이 없었다. 이불을 뒤집어쓰고 우는 것 말고는.

그날 눈물범벅이 되어 자고 있을 때, 큰형님이 집에 오셨다. 형님은 가끔 고향에 오시면 집으로 오지 않고 큰아버지 집에서 머물렀다. 단칸방이었으니 형님이 지낼 곳이 없었기 때문이다. 아마 그날은 시간이 너무 늦어 큰집으로 가기가 미안했을 것이다. 얼마나 반가웠던지 형님의 다리를 붙들고 엉엉 울고 말았다. 지금 생각하면, 형님인들 가진 돈이 별로 없었을 텐데. 어린 마음에 물에 빠진 사람이 지푸라기라도 잡는 심정이었을 것이다. 자초지종을 듣고 난 형님도 안타까웠던지 시내로 데리고 가서 바지를 사 주셨다. 다음 날 등굣길은 하늘을 날 듯했다.

서울에서 대학에 다니는 학생이 드문 때였다. 큰집에서 형님은 귀한 대접을 받았다. 형님도 집보다는 거기서 머무는 것이 편했을 것이다. 형님이 반가웠지만 큰집 식구들 눈치 때문에 자주 들여다보지 못했다. 형님은 사촌과 조카들에게 공부도 가르쳐 주시며 가족처럼 지냈다. 나도 형님과 그렇게 지내고 싶었지만 언감생심이었다. 방학이라고 한 번씩 내려오셔도 형님은 우리 가족이 아니었다. 형편이 그러니 어쩔 수 없었지만 어린 마음에 그것이 늘 서운했다. 어머니는 어머니대로 큰집에 항상 미안해 하셨다. 그날 형님이 그렇게 고마울 수가 없었다. 처지 때문에 어쩔 수 없었지 형님의 마음에는 늘 우리가 있었음을 비로소 알게 된 날이었다.

다른 집처럼 우리 형제들은 허물없이 지내지 못했다. 큰 형님은 주로 서울서 공부하셨고 고향이라야 편하게 머물 집이 없었으니 자주 내려오지 않았다. 대학을 졸업하고 석 사과정을 마치자 외국으로 유학을 가셨다. 그곳에서 십여 년을 머물며 박사과정을 마치고 결혼까지 하셨으니, 형님 과 내가 함께 했던 시간은 참으로 짧았다. 가까이서 부대 끼며 살지 못한 우리는 형제간이라 해도 소원(疏遠)할 수 밖에 없었다. 형제들이 모두 편안한 성격이 아니어서 더욱 그랬을 것이다. 그럼에도 큰형님은 나의 기둥이었고 존경 의 대상이었다.

앙상한 가지만 남은 은행나무가 오늘따라 더 쓸쓸해 보 인다. 얼마 안 있어 겨울이 올 것이다. 큰형님을 마음으로 존경하고 의지했던 바가 컸기 때문에 서운함도 컸던 것이 리라. 형님이 훌륭하게 성장해 주셔서 내 경우도 크게 어긋 나지 않고 이만큼이나마 살아온 것이 아니겠는가. 이번 겨 울이 오기 전에 찾아가 뵙고 약주라도 한잔 대접해야겠다.

거슬림 없는 파격破格

무대 중앙으로 한 여성이 걸어 나왔다. "와우!" 청중 사이에서 가벼운 환호가 조용히 메아리쳤다. 청중의 시선이 허벅지를 들어낸 그녀의 다리로 모아지면서 순간적으로 터져 나온 소리다. 눈치 빠른 졸음귀신은 벌써 줄행랑을 친다.

5월 초, 소프트웨어 교육에 관한 연수가 있었다. 교육부 연구사의 지루한 강의가 끝나고 미쳐 졸음에서 깨어나기도 전에 우리는 두 번째 강사를 맞이해야 했다. 한국 마이크로소프트사의 홍보 부장이라고 했다. 한 회사의 부장 자리까지 오를 정도면 연륜이 있는 중년이라 짐작했다. 그러나 무대 위로 나타난 사람은 모델처럼 젊고 늘씬한 여성이었다. 청중 사이에서 가벼운 소란이 인 것은 그때였다. 그들에게는 허벅지가 드러난 짧은 치마 차림의 강사를 맞이하는 것이 낯설고 어색했던 것이다.

강단(講壇)에 서는 사람은 옷매무새부터 단정히 하는 것이 기본 예의라고 배웠다. 더구나 청중들이 평생을 교육에 종사해 온 사람들이라면 더욱 조심스럽고 어려운 자리가 아니겠는가. 요즘은 개성을 존중하는 시대라 예전만큼 격식(格式)을 차리지 않는다 해도 이 자리만은 마땅히 정장을 갖춰 입고 나왔어야 했다. 청중을 무시하기로 작정하지 않은 한, 적어도 짧은 치마를 입고 무대 중앙에 당당히 설 수는 없는 일이다.

우리가 바늘 같은 시선으로 눈 화살을 쏘아보내도 그녀는 당당하게 받아들였다. 다행히 술렁이던 청중의 소란은 수면 아래로 가라앉았다. 어느 누구도 그녀의 허물을 탓하려고 나서는 사람은 없었다. 아름다움을 뽐내고 싶어 하는 여성의 마음을 누가 막을 수 있겠는가. 청중도 더 이상 유난 뗄 필요는 없다고 여겼거나, 눈에 보이는 것만 가지고 이러쿵저러쿵 따지는 것이 격을 떨어뜨린다고 생각 했던 모양이다. 더구나 그녀는 강의 시간을 맞추기 위해 새벽 댓바람에 서울서부터 나섰을 터이다.

살다보면 우리는 가끔 뭔가를 깨뜨리고 싶을 때가 있다. 낯익고, 흔하고, 지루하고, 일상적인 것에서 벗어나고 싶을 때, 기존의 방법으로는 원하는 바를 이룰 수 없을 때 우리는 파격을 범한다. 그녀는 유명회사의 홍보부장으로 남 앞에 나설 기회가 많았을 것이다. 강사로서 지켜야 할 예절에 대해 무지(無知)했을 리가 없다. 강사에 대한 고정관념을 깨트리고, 청중을 지루함에서 탈출시키기 위해 의도한 파격이 아니었을까? 그렇다면 그녀의 계획은 성공한 셈이다.

글쓰기를 시작하면서 나에게는 새로운 버릇이 하나 생겼다. 내가 쓴 글을 아내에게 가장 먼저 보이는 것이다. 아내도 귀찮은 내색 없이 글을 읽고 조언을 해주었다. 나의 유일한 독자요 비평가인 셈이다. 그녀는 가끔 글을 읽고 나서 말보다는 애매하고 찜찜한 표정을 지을 때가 있다.

그것은 문장은 단정하고 손색이 없는데 글맛을 느끼기에는 뭔가 부족하다는 신호다.

 피천득은 수필은 파격이라고 했다. 청자연적의 가지런하게 붙은 연꽃잎 중 한 장을 살짝 구부려 파격을 연출한 도공은 수필의 대가이리라. 홍보부장도 강의하는 내내 청중의 호기심을 자극해서 지루할 틈을 주지 않았다. 현장감이 풍부한 동영상과 사진, 통계자료 하나하나 그녀가 동원한 파격이다. 그녀의 매력적인 맵시와 화려한 스피치도 물론 빼놓을 수 없다.

 '착함'과 '얌전함'은 유년시절에 나를 항상 따라다니던 말이었다. 그 말은 내가 성장하는 동안 내내 꼬리표처럼 붙어 다녔으며 나의 생각과 행동을 옭아매는 굴레가 되었다. 이제 병아리가 알을 깨고 세상으로 나오듯 거슬림 없는 파격을 통해서 굴레를 벗고 싶다. 내 안의 생명력과 에너지가 자유롭게 살아 숨 쉬게 하리라.

작은 음악회

돌아오는 월요일 저녁에는 작은 음악회가 열린다. 가곡 교실 전회원이 한 번에 3팀씩 돌아가면서 2개월에 걸쳐 혼성 이중창을 한다. 내가 부를 곡은 이한숙 작시, 이안삼 작곡의 '그리운 그대' 다.

지난주에 다녀왔던 퇴직연수의 후유증인지, 일교차가 심한 날씨 탓인지 스멀스멀 한기가 몰려오고 목이 따끔거린다. 쉬면 좋아질 것이라 생각했는데 자고 나니 몸은 더 무겁다. 발표일은 하루하루 다가왔다. 괜히 마음만 초조해지고 노래 연습은 진척이 없다.

'바람결에 실려 온다. 그리운 그대 음성 라일락 향기 흩날리던 지난 오월에 / 함께 가꾸었던 소중한 그 언약 그 시절의 꿈도 가고 이제는 추억만이 남아 ……'

못갖춘마디로 시작하기 때문에 박자를 맞추기도 어렵고, 가사 외우기도 유난히 힘이 든다. 몇 번이고 불렀으나 한 번도 틀리지 않은 적이 없다. 파트너와 의논해서 순서를 바꿀까도 생각해 봤으나 이미 짜인 일정이 있기 때문에 그것도 쉽지 않다. 며칠이라도 열심히 해보겠다고 마음으로 다짐한다.

가랑비가 추적추적 온종일 내린다. 땅이 촉촉하게 젖어 농작물이 자라는 데는 큰 도움이 될 것 같다. 노래는 조금도 나아진 게 없다. 같은 노래를 여러 번 부르다 보니 지겹기도 했다. 화단과 텃밭에는 쑥, 민들레, 씀바귀, 망초 등 봄풀이 뒤덮고 있다. 두고 볼 수가 없었다. 다행히 약기운 때문인지 열도 내리고 몸이 가뿐해서 진전 없는 노래연습은 잠시 미루고 호미를 들었다. 얼마의 시간이 지났을까. 고된 작업으로 몸은 파김치가 되었으나 말끔해진 텃밭을 보니 기분은 좋다. 비에 촉촉이 젖은 뜰을 내다보며 덮었던 악보를 다시 펼쳐든다. 녹음한 피아노 반주에 맞춰 노래를 불러 본다. 여전히 가사가 막힌다.

드디어 기다리던 날이다. 다른 날보다 한 시간 일찍 가곡교실로 갔다. 시작하기 전에 반주자와 연습을 해 놔야하기 때문이다. 다른 팀들도 먼저 와서 연습하고 있었다. 목 상태도 안 좋고 감기 기운이 남아 있었지만 최선을 다했다. 파트너와 호흡이 잘 맞았다. 자신감이 생겼다. 욕심을 내어 안무도 곁들이기로 했다. 정면을 보고 노래하되 한 소절씩 바뀔 때 서로 마주보며 눈을 맞추는 동작이다. 그런데 노래를 하다보면 동작을 잊어버리고, 동작을 하다보면 가사가 막힌다. 두 가지를 한꺼번에 하려니 힘이 든다.

음악회가 시작되었다. 발표할 팀은 3팀이다. 순번을 뽑았다. 세 번째다. 앞 팀들은 연습한대로 잘 불렀다. 우리 차례다. 무대로 올라갔다. 다들 아마추어지만 듣고 감상하는 수준만큼은 전문가 못지않아서 성악을 전공한 사람들도 서기를 꺼려하는 무대다.

호흡을 먼저 가다듬고 다소곳이 인사를 했다. 뜸을 들였다가 반주자에게 신호를 보냈다. 피아노 전주에 맞춰서 노래는 한 소절씩 번갈아 가며 한다. 남성인 내가 먼저 시작했다. 첫 소절은 무난하게 끝내고 여성 파트너가 다음 소절을 이어 받았다. 동시에 다정한 눈빛으로 서로를 한 번 보고 나서 청중을 향해 정면으로 선다. 그녀는 연습이 충분했던지 평소보다 여유 있고 안정된 목소리로 노래를 했다. 파트너가 노래하는 동안 떨려서 그런지 다리에 힘이 빠지는 느낌이 들었다. 아랫배에 힘을 주고 숨을 들이마셨다. 노래를 시작했다. 그런데 머릿속이 캄캄해지며 가사가 생각나지 않았다. 그렇게 수십 번을 외웠고 리허설 때도 잘 해냈는데…….

반주는 계속되었지만 그 소리가 이미 내 귀에는 들려오지 않았다. 회원들의 시선이 내게 집중되었다. 파트너도 당황했는지 내 손을 잡았다. 엉겁결에 옹알이하듯 리듬을 따라가다가 마지막 부분에서 정신 차리고 3번째 소절을 마무리 지었다. 노래가 끝나자 회원들이 박수로 격려해 주었다. 내 얼굴은 이미 부끄럼으로 홍당무가 되었다. 그들의 시선을 정면으로 볼 수가 없었다.

연주 경험은 몇 차례 있었으나 이번 같은 실수는 처음이

다. 온갖 상념들이 머리를 스쳐간다. 한 번 실수는 병가의
상사라고 했으니 재도전의 기회가 주어지면 최선을 다해
보리라.

서울 나들이

전동차가 지하철역으로 들어온다. 자동문이 열리자 많은 사람이 한꺼번에 쏟아져 나온다. 구름 같이 많은 사람들이 몰려오고, 또 몰려간다. 잠시 걸음을 멈추고 그들을 바라보았다. 저 많은 사람은 다 어디서 와서 어디로 가는 것일까?

3년 전에 아내가 서울의 병원에서 큰 수술을 했다. 그 이후 정기적으로 진료 받기 위해 함께 서울에 간다. 비교적 조기에 발견하고 적절한 시기에 수술할 수 있어서, 아내는 지금 일상생활에 불편함이 없을 정도로 건강하게 지낸다.

그 힘든 치료과정을 잘 견뎌낸 아내가 대견스럽고 고맙다.

　오늘도 병원에 가는 길이다. 서로 내색은 하지 않았지만, 매번 무겁고 초조한 심정으로 기차를 타고 내린다. 날씨가 매서웠다. 스치는 바람에 뺨이 화끈거린다. 종종걸음 치며 지하철 서울역으로 내려갔다. 병원은 대학로에 위치하고 있어서 4호선을 타고 혜화역에서 내리면 금방이다.

　출퇴근 시간이 아닌데도 역에는 사람들로 항상 붐볐다. 가끔 역사 안에는 꽤 볼만한 그림이 전시될 때도 있는데, 아무도 거기에 눈길을 주는 사람은 없다. 무엇이 바쁜지 그들은 종종 걸음을 치며 곁눈질 한 번 없이 앞만 보고 걷는다. 그들 틈바구니에 있다 보면 우리도 덩달아 마음이 급해진다. 오늘도 지나가는 사람과 부딪치지 않으려고 신경 쓰며 걷다 보니 마음과는 달리 걸음이 더디다. 괜한 짜증이 나서 서울 사람들은 어떻게 사는지 모르겠다며 푸념을 늘어놓는다.

　몇 주 전에 신문에서 봤던 '지방이 더 행복한 시대'라는 제목의 기사가 언뜻 떠올랐다. 1인당 평균소득이 서울보다 높은 지방도시와 그곳 주민들의 생활상을 소개하는 내용이다. 절대적인 소득과 문화의 수준에서는 지방이 서울을 따라가지 못한다. 그러나 생활의 여유라는 측면에서는 서울보다 나은 지방 도시들도 많았다. 기사에서 특별히 눈길을 끈 것은 직급과 근무경력이 비슷한 서울과 지방 공무원의 생활을 밀착해서 취재한 내용이었다.

경우에 따라 다르겠지만, 서울은 워낙 범위가 넓고 교통이 복잡하다보니 출근을 일찍 해야 했고 정시에 퇴근하더라도 집까지 도착하는 데 시간이 많이 걸렸다. 그만큼 가정에 머물며 가족과 함께 보낼 시간이 짧다. 같은 평수의 주택을 구입하는데도 서울과 지방의 주택가격을 비교하면 3~4배나 차이가 났다. 생애 최초로 집을 구입하는 시기도 지방에 비해 오래 걸렸다. 공무원의 봉급은 서울이나 지방 모두 정부에서 정해주는 지침에 따른다. 같은 직급이나 경력이라면 양쪽이 크게 다르지 않을 것이다. 아무래도 고비용 저효율의 삶을 사는 쪽은 서울인 것 같다. 지하철역에서 만난 사람들의 표정과 걸음걸이에서 그들의 고달픈 삶을 읽는다.

'사람이 태어나면 서울로 보내고, 말은 제주로 보내라' 는 속담이 있다. 큰물에서 살아야 큰 인물이 된다는 뜻일 것이다. 굳이 그 말이 아니더라도 대한민국 사람이라면 누구나 한 번쯤은 서울에서 살기를 소망한 적이 있을 것이다. 한여름 밤에 빛을 보고 날아드는 나방처럼, 서울에서 사는 것이 겉으로는 화려해 보이지만 과분한 비용을 감내해야 함에도.

　내게도 서울 시민이 될 뻔한 적이 있었다. 유년시절 우리 집에 세 들어 살던 젊은 부부 때문이다. 나중에 안 사실이지만 남편이라는 사람은 서울 재력가의 아들이었다. 그는 군대에 가는 대신 경찰을 지원하여 우리 고향으로 배속을 받아 왔다. 아버지는 이들을 친자식처럼 대했다. 그 정이 그리웠던지 아버지가 돌아가신 지 십여 년쯤 지났을 때다. 고향집을 찾아 왔다가 어려운 우리 형편을 보고 서울로 가자고 했다. 어머니는 그들의 제안을 받아들이지 않으셨다. 큰아들의 학업에 부담이 될까 염려하셨던 것이다.

　대학을 졸업하고 초등교사로 발령이 났을 때다. 교직 생활에 제대로 적응하지 못한 나는 의무 복무 기간을 마치자

사직서를 내고 무작정 서울로 올라갔다. 대학에 편입해서 더 공부를 하고 싶었던 것이다. 그랬다면 지금쯤은 서울에서 자리 잡고 살지 않았을까? 당시 큰형의 반대에 부딪혀 하는 수 없이 고향으로 내려와 복직을 하였다. 그 이후에도 나의 서울 나들이는 계속되었지만 그곳에 길게 머물지는 못했다. 덕분에 아내를 만났으니 운명이란 누구도 거역할 수 없나 보다.

아내와 함께하는 서울 나들이는 의사의 완쾌선언이 있기까지 계속될 것이다. 우리 부부에게는 서로 속 깊은 대화를 나눌 수 있는 기회가 되기도 한다. 간 김에 틈틈이 서울 명소를 둘러보는 것도 하나의 즐거움이다.

마준이를 보내며

마준이는 우리 집 애완견이다. 녀석이 지난 해 가을, 은행잎이 노랗게 물들 무렵 돌아올 수 없는 강을 건넜다. 한 해가 지났건만 아직도 가슴 한쪽이 허전한 걸 보면, 함께 했던 15년 세월이 가볍지 않았던 모양이다.

그날은 휴일이었다. 해가 중천에 떴을 때야 일어나서 아는 체를 했으나, 녀석은 맥없이 드러누워 턱을 바닥에 댄 채 눈만 껌뻑거렸다. 두 다리를 들고 폴짝폴짝 뛰면서 안기려고 재롱 피우던 평상시와는 달랐다. 지켜보던 아내 얼굴에는 수심이 가득했다. 요 며칠 통 먹질 않고 저러고 있단다. 아까는 제 집에 물똥까지 지렸다고 했다. 똥오줌을 가리는 데 한 번도 실수한 적이 없던 녀석이다. 이상한 예감이 들었다. 왠지 등줄기가 서늘해졌다. 단골 동물병원에 전화했다. 아니나 다를까, "때가 되었으니, 편안히 눈감도록 지켜보는 것이 났겠다."는 대답이 돌아왔다.

마준이의 건강에 빨간불이 켜진 것은 지난해 2월, 아내와 외국 여행을 다녀온 직후다. 당시 한 지인이 소개한 애견 카페에 녀석을 맡기고 갔다. 그곳은 여느 카페와 다름없이 차나 음료를 파는 곳이지만 손님들이 애완견을 데리고 온다는 점이 달랐다. 2~30평쯤 되는 홀 안에 개들이 자유롭게 뛰노는 걸 보고 믿음이 갔다. 함께 어울려 놀다 보면 낯가림도 좋아질 것이라는 기대도 했다.

잘못된 생각이었다. 보름 만에 돌아와서 카페를 다시 찾았을 때 녀석은 주인도 못 알아볼 정도로 망가져 있었다. 몹쓸 병을 앓고 난 환자 같다고 할까? 털이 빠져서 엉성해진 틈 사이로 살갗이 발갛게 드러나고, 터지고 짓무른 입 안에는 성한 이빨이 하나도 남아 있지 않았다. 카페 주인은 스트레스 때문이라고 변명했지만, 그를 원망할 수도 없었다.

　온갖 개들이 모인 틈바구니에 늙은 개를 밀어 넣은 것이 애당초 실수였다. 개들에게 밀리고 치이면서 제대로 먹지도 자지도 못했을 것이다. 힘센 장사인들 온전했겠는가. 탈진한 채 품안에서 떨고 있는 녀석이 애처롭다. 저를 팽개치고 떠났던 주인을 향해 앙칼지게 짓기라도 했다면 미안한 마음이 조금은 덜 했으리라.

　두어 달 병원에서 치료 했으나 노쇠한 탓에 원래 모습으로 돌아오지 못했다. 요 며칠간의 행동을 더듬어보니 녀석의 고통은 어제 밤부터 시작된 것 같다. 사람이라면 진작 뭐라고 신호를 보냈을 터인데 말 못 하는 짐승이라 혼자서 견뎠나 보다.

　거실 북쪽에 정갈한 자리를 마련했다. 머리를 동쪽으로 해서 조심스럽게 눕혔다. 몸이 종잇장처럼 가볍고 다리는 연약해서 부러질까 두렵다. 목이 마른지 캑캑거려 빨대로 입안에 물 몇 모금을 넣어주었으나 삼키지 못했다. 코끝에 손을 대니 가늘고 약한 숨결이 간신히 묻어났다. 마지막

전할 말이라도 있는 것처럼 쳐다보는 두 눈에는 애절함이 가득했다. 십여 년 전 병실 문을 나설 때 어머니도 나를 그렇게 보고 계셨다.

어머니는 마준이가 다섯 살 되던 해, 요양병원에서 외롭게 돌아가셨다. 체구가 작고 망구(望九)였음에도 허리가 꼿꼿하고 기억력이 좋으셨는데, 대퇴부 골절상을 당하고 투병생활로 기력을 소모하신 탓이다.

종합병원에서 수술을 하셨지만 회복이 더뎠다. 2개월 뒤, 움직임이 자유롭지 못한데도 병원에서는 퇴원을 종용했다. 할 수 없이 간병인이 있는 병원으로 옮겼다. 한방과 양방치료를 겸하는 노인 병원이다. 맞벌이하던 우리 부부는 주말에만 찾아 뵐 수 있었다. 어머니는 간병인의 친절과 수고에 고마워하면서도 늘 외로워 하셨다. 자주 찾아뵙고 간병해드리지 못해 죄송스러웠다. 어머니는 자식들에게 그러지 않으셨다.

유년시절 몸이 허약했던 나는 병치레가 잦았다. 감기에 걸리거나 편도 비대로 목이 부으면 밤새 고열에 시달리고 음식을 삼키지 못할 때가 많았다. 어머니는 귀찮은 내색

한 번 없이 곁을 떠나지 않고 극진히 보살펴 주셨다. 어머니의 손은 온갖 허드렛일로 가시 박힌 것처럼 까칠까칠했고 품에는 늘 땀이 배어 신 내가 났다. 어머니가 나에게 만병통치약 같았다. 손길이 닿으면 펄펄 끓는 열이 내렸고 품속에 안기면 수면제 먹은 것처럼 곧장 깊은 잠에 빠졌다.

아무리 내리 사랑이라지만, 정성과 사랑으로 키운 자식이 그 깊은 속내를 모른 체하니 서운하셨으리라. 점점 말수가 줄어들고 기력이 약해지셨다. 그날도 어머니는 간절한 눈빛으로 곁에 더 머물기를 호소하셨다. 나는 모른 체하고 속셈이 드러나는 핑계를 대며 벗어날 궁리만 했다. 못난 자식에게서 얼마나 큰 배신감을 느끼셨을까?

어머니는 그 새벽을 넘기지 못하셨다. 당신께서 쓸쓸히 종신(終身)하고 계시는 동안, 집에서 편안하게 꿈속을 헤매고 있었으니 불효가 막심이다. 이제 와서 용서받을 곳이 어디 있으랴. 때늦은 회한으로 눈시울을 적신다. 생전에 어머니가 마준이를 무척 귀여워하셨다. 가는 길에 뵙게 되면 용서 비는 마음을 대신 전해주길 바란다.

녀석이 숨을 한 번 크게 몰아쉬더니 기어이 눈을 감았다. 편안해 보였다. 운명에 순응하며 주어진 삶을 욕심 없이 살다간 마준이! 다음 생이 있다면 더 멋진 주인을 만나 행복하게 살아가기를 빌어본다.

도시로의 회귀

전원생활의 달콤한 유혹에 빠져서 귀농하는 이들이 늘어나고 있다. 도시의 번잡함과 공해로 찌든 환경에서 탈출하고 싶은 마음이 그들을 더욱 부채질 했으리라. 나도 언젠가는 전원으로 돌아가 편안한 노년을 지내겠다는 젊은 시절의 꿈이 있었다.

정년까지는 시간이 좀 남았지만 퇴직 후에 시작하면 늦을 것만 같았다. 오래전에 봐 두었던 도시 근교의 한적한 마을에 집을 짓고 야심차게 전원생활을 시작했다. 벌써 삼년째다. 직장 때문에 주중에는 도시에서 지내고 주말에만 시골에 머물렀다. 사람들의 표현을 빌리자면 4도 3촌(四都 三村) 생활을 해 온 셈이다.

처음 한동안은 전원에서 숨 쉬고 활동하는 것이 꿈처럼 행복했다. 밤새 고라니가 내려와 애써 기른 채소를 망쳐놨을 때도, 파르르 떨리는 잎사귀들 사이로 지나가는 바람의 흔적을 찾다 보면 어느새 마음이 가라앉았다. 낮에는 이름 모를 산새들에게 마당을 내 주었고, 밤에는 풀벌레와 개구리들의 하소연을 들어주느라 외로울 새가 없었다. 밤하늘 별들이 펼치는 오케스트라의 소리 없는 향연은 또 얼마나 장엄했던가!

나무 한 그루, 풀 한 포기, 구르는 돌멩이 한 개에도 내 손길 닿지 않은 곳이 있었으랴? 시골집은 그림 속의 풍경처럼 다듬어져 갔다. 스스로도 대견스러워 휴대폰에는 항상 전경사진을 저장해 두고 만나는 사람마다 자랑하고 다녔다. 가끔 지인들을 초청해서 함께 즐기는 것도 보람이었다. 몸이 조금씩 무너져 가고 있음을 깨닫기 전까지는.

도시와 농촌을 번갈아 가며 생활하는 것은 신경 써야 할 일도 두 배임을 뜻한다. 누구나 꿈꾸는 것처럼 주중에는 도시에서 일하고 주말에는 전원에서 편히 쉴 수 있다면 그보다 좋은 일이 있으랴. 현실은 만만치 않았다. 잠시 손 놓고 있으면 기다렸다는 듯이 잡초들이 들이닥쳐 마당이고 텃밭이고 가릴 것 없이 점령해 버렸다. 텃밭의 채소는 저절로 길러지는 것이 아니라 주인의 발자국 소리를 들으면서 자란다고 하지 않던가. 조금이라도 수확하려면 정성을 쏟아야 했다. 결국 주중에도 일하고, 주말에도 일을 해야 하는 상황이 되었다. 전원생활은 결코 나에게 달콤한 낭만이 아니었다.

　비록 얼마 안 되는 기간이지만, 정든 시골집과 이별한다고 생각하니 섭섭한 마음이 든다. 얼마나 애착하고 정성들였던 곳인가. 나에겐 계륵이었다. 주말마다 시골집에 가는 것이 부담스러웠다. 떠나길 결정하고 나니 앓던 이가 빠진 듯 시원하다.

　집은 보름 만에 비워줘야 했다. 도시와 농촌에서 두 살림을 해왔던 터라 가재도구를 한데 합치면 내 몸 하나 누울 공간도 없을 것 같았다. 필요한 것만 남기고 처분하고 싶었으나 아내의 생각은 달랐다. 서로 의견만 분분(紛紛)하다가 결론을 내리지 못했다. 이제 겨우 평안을 찾았는데 집안이 좀 복잡해진들 어떠랴. 비우자. 이사는 아내의 처분에 맡기기로 했다.

도시로 회귀한 첫날, 인근 못으로 산책을 나갔다. 여기저기서 거리의 악사들이 진을 치고 있었다. 그들의 노래에 대한 답례로 지폐 두 장을 꺼내어 바구니에 담았다. 한 장은 내 몫이고, 또 한 장은 아내의 몫으로. 바구니의 지폐들은 모여서 또 다른 사람들의 마음을 훈훈하게 채워 주리라.

마음을 비운 내게 더 큰 여유와 평안이 찾아왔다.